大围有个火锅店

生活志文丛
第二辑

◎周洁茹

天津出版传媒集团
百花文艺出版社

图书在版编目（CIP）数据

大围有个火锅店 / 周洁茹著. -- 天津：百花文艺出版社, 2022.6(2023.7 重印)
ISBN 978-7-5306-8230-2

Ⅰ. ①大… Ⅱ. ①周… Ⅲ. ①散文集-中国-当代 Ⅳ. ①I267

中国版本图书馆 CIP 数据核字(2022)第 039964 号

大围有个火锅店
DAWEI YOU GE HUOGUODIAN
周洁茹 著

出 版 人：薛印胜
策划统筹：汪惠仁　张　森　　**封面设计：**蔡露滋
责任编辑：沙　爽　田　静
出版发行：百花文艺出版社
地址：天津市和平区西康路 35 号　　**邮编：**300051
电话传真：+86-22-23332651（发行部）
+86-22-23332656（总编室）
+86-22-23332478（邮购部）
网页：http://www.baihuawenyi.com
印刷：天津新华印务有限公司
开本：787 毫米×1092 毫米　1/32
字数：150 千字
印张：7.75
版次：2022 年 6 月第 1 版
印次：2023 年 7 月第 2 次印刷
定价：36.00 元

如有印装质量问题,请与天津新华印务有限公司联系调换
地址:天津东丽开发区五经路 23 号
电话:(022)58160306　邮编:300300

我们需要什么样的身体

——序“生活志”文丛

从出发点到归宿,陪伴我们一路的,是我们自己的身体。

生活记录在我们的身体里。

世界记录在我们的身体里。

生活与世界被我们怎样记录,我们就怎样被生活与世界记录。

我们要记录的也许太多,我们也许会抱怨笔墨不够;我们也许会担心,世界只记录了我们卑微的一面。

但始终只有一种身体是没有抱怨没有担心的:它看见了繁华,也目睹了凋零;它看见了洪流,也采撷了浪花;它无视成见,勇敢地踏入观念的“野外”……

——这样的身体,它无须抱怨,无须担心;笔墨也许会遗漏,世界也许首先记录的是你卑微的一面;但这样的身体,是敞开的身体,是生长的身体,是可以反观的身体,是可以由是反观“身体”的身体,是值得信赖的可以作为“生活志”的身体。

文字的身体固然不能全然跳出权力的叙述，但它可以努力展示自己与生活是怎样被权力叙述的。

汪惠仁

目录

我们爱的荔枝

有一年“520”收到一袋新荔枝，装在红色塑胶袋里。我还发了朋友圈，说了一句，实惠。

5 月就是最新的荔枝到来的月份吧。看到卖菜群上架了荔枝，下单，收到的那天正是“520”，纯属巧合；送菜的时间，没有人知道，可能卖菜的人自己也不能够确定。

已是傍晚，只好放入雪柜，隔了一夜，鲜红色都变了黑色，吃起来像是一颗一颗冰碴子，一定是雪柜的温度调得太低了。

我只知道香蕉不可以放入雪柜，不知道荔枝也是不可以放的。不是这里长大的人，就是会把糖水当午饭，也会将荔枝雪藏。后来想想，若是荔枝可以这么冷链运输，也就不存在“一骑红尘妃子笑”了，古代也是有冰的，古代人那么有智慧。

我也不知道荔枝有那么多的种类，仙进奉、糯米糍、白糖罂、玉荷包……差距只几天，就要吃不同名字的荔枝，这个南方（岭南）的人才精通，我是江南的人，岭南跟江南其实不是一个地方。

刚刚来到南方的时候，去过一次惠州，也爬了一下罗浮山，之前我对惠州的所有认识只是苏东坡被贬去的地方，可能也是他一天吃了三百粒荔枝，“不辞长作岭南人”的地方。

第一眼，惠州好像好像常州啊，我都有了错觉。常州是苏东坡的终老地，他的最后时光是在常州度过的，吃多了冷饮，又吃多了黄芪，六十四岁，还很年轻吧。五年之前，最爱他的那个妾，王朝云，也就是说他“一肚皮不合时宜”的那个妾，是死在了惠州，他也没能将她带来常州。

惠州晃了一圈，看了西湖，也看了苏堤，纪念馆也走了一圈，我这么一个非常不喜欢纪念馆的人。只记得王朝云。苏东坡被贬了以后，遣散了所有的妻妾，甚至还有怀了孕的，我也不太确定，我的脑子里总是留存着一些有点奇怪的资料。可能是想女人们有更好的前程，也可能是有的女人太势利，去南方，会死哦，不去。也可能那时候的女人都没有选择，叫你跟着就跟着，叫你走你就走。亦舒说的，我想要很多的爱，如果没有爱，那么就要很多的钱。我若是那个怀孕了的妾，拿小小的钱也可以走，终是挣了个自由。

也有人以为王朝云才是真爱，毕竟真是死在了惠州，三十四岁，还是很漂亮的年纪。相差三四十岁的爱情当然也是爱情，作为爱人的苏东坡还写了许多诗词纪念她。

刷朋友圈刷到有人贴了张图，一位老爷，正在写大字，旁边立着一个侍候的小姑娘，最多十五六岁，大书房，摆的全是好东西。旁白是：文房四宝你也有，可是你有姑娘吗？

真让我不高兴,你们把姑娘当什么？身量那么单薄,目色又极淡,你们真以为她被培养着培养着,就能生出深深的崇拜与忠诚？又不是演《青木瓜之味》,因为先有了爱,才教她读书,教她写字,整场戏也算清雅。我们的古代文人的这个养成计划，我真是理解不了。

苏东坡纪念馆的外边，很偏的一个地方，放了一尊王朝云石像,好像是在抚琴,我不大记得了,只记得她的面色也很淡,细眉细眼,没有什么表情,应该都是后人的想象。也大概记得王朝云死后才有了一个正式的妾的名号,墓前一个六如亭,既不是她的名,也不是她的字,为什么要叫作六如亭？这一点我上网查了一下,原来是她死前反复念诵“一切有为法,如梦幻泡影,如露亦如电,应作如是观”,我相信是真的。可是对我来讲,人生难得,但若来世又修了个女身,不如不来。

也是五六年前了,一个加州时候的好友过来香港,住在旺角东的一间酒店。我在大围停了一下,街市买了荔枝,拎去送给她。我只是突然想起了她说过的一句话：自从出了国就没有吃过好吃的荔枝。装在红色塑胶袋里的荔枝,我也真的是第一次买。

那一天太神奇了,我好像也在哪篇文章里写过,那一天,那一场见面,快要二十年没有相见的我们,竟然也没有拥抱,因为我们都变成含蓄的中年人了，可是我们曾经一起度过了那么艰苦又那么美好的时光,那么难忘。

她后来跟我讲,她都没有把荔枝带回美国,她在上飞机前就吃掉了那袋超级好吃的荔枝。

我想的是,一定是在我们再次告别,旺角东到大围,我还没到家的路上,她就已经把那袋超级好吃的荔枝都吃光了。

鲜花米线

我原本是要写个关于云南的小说的,可这第一个字,怎么都落不下去。

那些夜晚的光影层次都不尽相同,可是我写不出来。我这么一个据说拥有超强还原能力的人。

我记得飞机上看到的山峦,特别清晰。我记得到达的夜,失了眠,半夜爬起来看棉棉的小说,第一页就翻到那句“我不喜欢爱情。我喜欢兄妹之爱。我喜欢那些乱而干净的感情”。太喜欢了。太喜欢了。我就趴在床上把她的那个小说都读完了。我已经很久很久没有读完过一个完整的小说了,我连自己的小说都不读,无论是现在的还是过去的。天都没有亮。

后来天亮了。我就去吃早饭。一桌摆得满满的小碟子,一片肉,半边蛋,几棵青菜,甚至一碟金黄菊花花瓣,我都有点恍惚了。

之前也在家乡吃过云南米线,三十年前了。一碟生料,摆得似花,一碗滚汤,一碗米线,对于当年的我来说,好神奇。

先放肉,再放菜,最后放米线,米线店的人讲得简短。可是讲不讲的我都是一筷全部拨入汤碗,年少气盛,等不得。

我后来也想过这个顺序,先菜再米线?或者偏就先下米线?如果菜和米线迟早都会在一起,那也可以一开始就在一起。

三十年以后了,我突然来到了云南,突然面对了一碗更为确切的云南米线,我肯定是迟疑了一下,鸡在牛的前还是后,芽菜在前那么生菜在后?那个瞬间,我想的就是这个。

还是一起落入了碗底,肉或者菜,混着一团米线,最后加入那碟花瓣,如果有个旁人,一定是要侧目的。可是没有。实在太早,我是第一个早餐客人,也是唯一的一个。

第一口,好吃到哭。怎么就会那么好吃。普通一个旅馆的餐厅,普通一碗米线。面对着那碗浮游着花瓣的米线,我又有些恍惚了。

我后来想想,会不会是因为那碟鲜菊花?鲜花米线,人生第一次。其他地方的云南米线都将这一道花给省略了,毕竟不是每一个地方都有花的,很多花也不是用来吃的。

可是这一次人生的第一次啊,我也快要四十岁了。

后来吃过了一场奇怪的烧烤,聊了一个天,走了一段很长很长的路,收到了快要四十岁的第一枝玫瑰花,来自一个也不太认识的同龄人。我们的相同之处大概只是年长,在那一个时间,两个最年长的人。我又恍惚了。

也许是云南,也许是花。所以在云南的一切,对我来讲都太恍惚,恍惚到模糊。超强还原能力能够还原清晰的事件,还原不了模糊了的回忆，人的记忆又总有一些缺陷。就好像我刚刚想起来也许不是那一次去云南，也许是第二次？我去了两次云南，在那两三个月间。每一次都很短，两三天，机场去会场，会场去机场，中途都没有停顿过。

现在要叫我来回忆云南，也只有鲜花米线，不是鲜花饼，是鲜花米线。我真的是要到很久很久以后了，才突然意识到，云南可是鲜花的故乡呀，在云南发生的一切与花的事，都是真实又真切，又应该特别神奇的。

如果菜和米线迟早会在一起，为什么不是一开始就在一起？因为也要给菜一点时间吧。最后撒上那一遍菊花，明目清肝全是入药的功用，如同他们所说的。可是对我来讲，也只是一个仪式感，让我模糊地记得，我真的去过云南，我真的也收到过鲜花，一切乱而干净的感情。

红饭饭

看到网上有卖红苋菜，犹豫了一下，还是买了。送了来，却不知如何处理才好。

一捆红苋菜，先放在一个玉米碗里，放了一天一夜，好像有点坏了，只好一棵一棵洗净，再切了些蒜，打电话给母亲：苋菜是怎么做的？

先水煮。母亲是这么说的，然后再油炒，不要直接炒。

多加蒜子，母亲又说。

煮过再炒的红苋菜，真的就是童年时候的滋味。

不爱吃饭的孩子，母亲用红汤苋菜的汤拌了饭来喂。

你看你看是红色的饭饭呢。母亲说。

孩子也觉得红红的饭很新奇，吃了一口，又一口。

青春期有过一阵厌食吧。可能是恋爱，各种各样的不顺利，实在吃不下去饭。母亲又一定要我吃点东西。小半碗白米饭，拌一点红苋菜汤汁，一碗下去，吃饭之外，好像都没有那么重要了。

离开家乡二十多年，再没有吃过红苋菜，若不是网上突然看到，若不是终究还是买了，第一次吃自己做的红饭饭，咽下的全都是回不去的时光吧。

蘑菇汤与罗宋汤

有过一个朋友，请我去她家吃晚饭。那是她新婚的第二个月。我去得早了，在门口等她。天都有点黑了，她急忙忙地赶回来，说是刚下班。下班的路上买了一兜白蘑菇，就做蘑菇汤。

我说就一道蘑菇汤？还有别的吗？她说蘑菇汤很鲜的，我们不会再需要别的。我说好吧。

冰冷冬天，冰冷的水龙头下面，她把那些蘑菇一个一个地洗过来。水流很小，她洗了好久，天都黑了。

因为新婚的丈夫出了轨不再回来，灯又坏了，她的整个家都是黑乎乎的，我俩就在黑暗中吃那碗蘑菇汤。也许是真饿了吧，我也觉得，蘑菇汤真鲜啊。

后来她得了抑郁症，进了医院，大家都说她自作自受，不听劝要找那样的丈夫。我都不忍心说她什么，可能是那碗蘑菇汤吧。

现在想起来，也不过是普通的白水，烧开，放入蘑菇，再煮一下，就好了。有没有放盐，有没有放青蒜叶，我都不记得了。那个黑夜真夜啊，什么都看不见，如果还有一个会换灯泡的男人，我也一定会看得见吧，蘑菇汤里有没有飘着几片蒜叶。

如果说我有什么遗憾，其实我是会换灯泡的，我为什么不为她换那一次灯泡呢？我只是拿起她床头柜上的药瓶，看了一看都是些什么药，又放了回去。年轻的我，没心没肺的我，为什么就不肯为一个朋友换一个灯泡呢？年轻时候的我们，都是这么无能为力吧。

另外一个朋友，请我去吃她亲手做的罗宋汤。我敲门的时候，汤已差不多煮好了。

“我放了多多的洋葱、番茄、土豆丁和胡萝卜丁，包菜也糊烂了。”她说。

“为什么要做汤？”我说，“你从来不下厨房的。”

她说她遇到了喜欢的男人，那个男人爱喝罗宋汤，所以想为他煮一次。

原来是找我来试味。

罗宋汤终于端上桌，我们一边喝汤一边讲爱情，汤有没有很好吃？我竟然忘了，她的爱情，我也忘得差不多了。

依稀记得那个男人后来也是爱上了她，或者爱上她做的罗宋汤？只是总也不肯离婚，大概是大婆不放手，闹得死去活来。有一次，大婆雇了人跟踪她直到我家，天都黑了，她也不敢下楼，坐在我家，热红茶喝了一杯又一杯。我叫她在我家住一晚，她又说不要。夜很夜了，我们一起坐在露台，不时望一望楼下，手里的红茶都凉了。是恐惧吧，还是疲惫？可是我现在都有点想不起来那一夜了。

后来,终于离成了婚。

也没有结婚，和那个男人一起开了一个小饭馆，没几日又关了。开张的那天我去了,做的都是江浙小菜,当然没有罗宋汤。吃的什么菜,忘记了,清晰记得饭馆里一只小白狗,说是捡来的,后来又丢了。

再后来,男人犯了事,入了狱。她翻山越岭地去看那个男人,带两条烟。再后来,我也不知道后来了。我与她,失去联络很久了。

我后来来到香港生活,听说金雀餐厅快要歇业,才与几个同事一起去了一次。

那时我已吃素,花样年华牛扒套餐写在餐牌第一页,想要也是要不了。同事推荐罗宋汤,说以前跟朋友来过,罗宋汤最好喝。我说:您经常来?他说也不过是一次,加上这一次,一共两次。

罗宋汤里有肉,我也不吃。最后要一客蛋治,吃着蛋治,外面突然就下起了大雨。

两年以后了,有一天,突然就想做罗宋汤。可能是因为冰箱里正好有一棵圆白菜、一根胡萝卜、三个冻坏了的番茄,也有土豆。也可能是因为冰箱里只有这些,才让我想起来做罗宋汤。

一切准备好,发现没有洋葱。为了做这一次罗宋汤,又下楼去买了一颗洋葱。切时眼泪流了下来,才想起来,洋葱是会叫人流泪的。许久不买洋葱,都忘记了。冻过的番茄,用水冲过,皮就掉了,也很快就烂熟了。

没有肉的罗宋汤，是不是正宗的罗宋汤呢？但要是叫它杂菜汤,我也是不甘心的。突然就想起了二十多年前的那个朋友,煮那锅罗宋汤时,她想的是什么呢?对爱情和未来的憧憬?

若是有一台时光机器,我要不要回去那个时间?告诉那个煮蘑菇汤的朋友,不要恋爱也不要结婚。也告诉那个煮罗宋汤的朋友,不要把未来寄托给男人。如果我有一台时光机器,两年前,金雀餐厅,罗宋汤和蛋治,突然大雨的那个中午,不要急,不要急,慢慢地吃那一餐。可是没有人改变得了过去啊,如果过去被改变了,我也不会有时光机。

看过一部关于时间机器的电影,情节都忘了,只记得时间机器是一个透明圆球,去到未来,地球荒芜,人类进化成了两类,一类会在夜晚捕食另一类,一类成了另一类的食物。恐惧吗?还是悲伤?过去不可更改,未来也是,我就是这么想的。去网上找了一下,原来片名就叫《时间机器》,一个科学家穿越过去又穿越过去,想要救回他的爱人,可是无论回去多少遍都改变不了他的爱人会死去这个宿命,即使有一台时间机器。那就去未来,找一个答案。那个答案,我没懂。只记得吃人的人,白发飘飘,人类进化到最后,成了妖怪。他杀死了妖怪,改变未来了吗?我不知道。但是白发妖怪说的话记得清晰:如果你不喜欢这个答案,那你也许就不应该发问。

绿豆糕

小时候吃苏州采芝斋的绿豆糕，油汪汪的，并不觉得十分好吃，还不如玫瑰酥糖和粽子糖。可是我也不喜欢糖，我根本就不喜欢吃甜的。

有一天，突然很想吃绿豆糕。网购，等足十天集运到。嫩绿、清爽又好看的新绿豆糕，似乎并不是记忆中的样子。一口下去，一滴油都没有的绿豆糕，直接呛进喉咙里。

好想吃到油汪汪的绿豆糕啊，我妈妈就自己来做，绿豆煮烂加面加油一起揉，好多油，揉的时候妈妈的手都是油油的，再包入红豆沙馅，豆沙也是自己洗的，特别红，特别细腻，木头饼模印出了梅兰竹菊四种图案的绿豆糕。大冬天的晚上，妈妈做绿豆糕的手都是冰的。可是我也没有多吃几个，到底不是那么爱吃，也可能是我妈妈怕我中年发胖，红豆沙馅里不会再放多多的绵白糖。剩下的绿豆糕，我也没再吃，后来可能是扔掉了。

我也有过吃什么都吃不胖的少年时代啊，我自己是意识不到的，几时成了中年。时常回忆童年食物的，一定是到了中年。多放或者少放油盐糖的中年，少吃甚至不吃的中年，我都一样地胖了起来。

葱

大家都在网上买菜了,我也跟了上去。

朋友介绍的一个卖菜网站,一袋毛豆,三根莴苣,两个洋葱,一块生姜,还有一包辣椒,分门别类,只有葱,和香菜捆在一起卖。

于是买葱,也把香菜一起买了。

香菜我父亲最爱吃,母亲在每碟凉菜上面都放一蓬,也当作装饰,吃时卷起来,蘸加了白糖的镇江香醋。

我不吃,但也不讨厌。如果是去兰州拉面店,师傅问要不要香菜,一定也会高声回应,要要要。

在美国时是不买香菜的,太贵。买葱,一买一大把,中华超市一入门,先拎小葱,别的就随意了。

碗都没有洗过一个的姑娘,终于学会了和面发面,做卷油饼,做葱油花卷,都是被逼的,被爱和模模糊糊的爱的责任心逼的。

被爱的人也没有别的更多的要求啊,一口辣酱,一口满满葱的葱油花卷,美满的一餐。

麻婆豆腐

披萨和汉堡吃到第十天,没有人再想吃了,大家一致投票去吃中餐馆。

酸辣汤,素炒面,芥兰牛和宫保鸡,加多一份麻婆豆腐。

有的酸辣汤会特别特别好喝,也不全是辣椒粉放得多,可能是木耳丝和笋丝。每一家中餐馆的酸辣汤如同每一家墨西哥馆子的玉米片蘸酱,都有自己很特别的那一套。

麻婆豆腐也一样,有的会非常难吃,好像茶叶蛋,总也有人做得出来不可思议难吃的茶叶蛋。

好吃的麻婆豆腐,比肉好吃。豆腐一定是滚水里焯了一下的,没了豆腥气。不是太嫩也不是太老的豆腐,太嫩就碎了,太老就渣了,是不太嫩也不太老的开水滚了一下的豆腐,方方正正的方块,勾得刚刚好的芡,凉了也不会稀的芡,加上一定是厨师随身行李带过来的豆瓣酱,每一颗辣椒籽都是对的。

一道非常完美、非常完美的麻婆豆腐。

在一个小小的街区,四周都没有很大的购物中心。名字都忘记了的一间中餐馆,门脸很小,转了一圈才找到,入门一道水帘玻璃,财源滚滚的老意头。

好像时光流转,一切回到二十年前。

牛油果

第一次吃到牛油果是在一家日本馆子，加州卷。加州卷，我也是第一次吃到，在加州。

为什么只有加州卷没有亚利桑那卷，我也不知道。后来才知道还有波士顿卷，只是里面没有牛油果，点过一次再也没有第二次。

遍地都是牛油果的加州，牛油果也不便宜，九毛九一个，有时候九毛九三个，如果开车在山路上，有个大手写广告牌写着，九毛九三个，牛油果。从来没有停下来过，路边的水果或者菜，不知道怎么买，如果买了也不知道怎么办，我又不会在家里卷加州卷。所以从来没有买过，九毛九一个或者九毛九三个。九毛九买过一磅鸡，也买过三个柠檬，泡红茶，一杯一个。

差不多都要忘记了，美国的日常生活。要不是前几天在一个网站买菜，九块九三个小橘子，我看着那三只小橘子，放不满我的手心的三只小橘子，看了好一会儿。我想起来了小时候看过的伊索寓言。伊索是个奴隶孩子，每天辛苦工作，到了饭点，主人伸出一个手掌,手心三粒花生米。真小气啊,小伊索在心里面想。我看过的童话是童话过了的童话吧?伊索后来长大了,还是奴隶。奴隶们跟随主人出外游玩,有人端盆有人端瓶,什么最轻端什么。只有伊索选了最重最大的一包食物,举在头顶。其他奴隶都笑他蠢。直到回程的路,伊索两手空空,轻轻松松,因为食物终于吃光了啊。我看的版本画了小伊索扭过去的不高兴的脸, 也画了得意的大伊索和其他奴隶一个个背重物的可怜样子。想要告诉我伊索有多聪明的童话书,我只记得手心里的那三粒花生米,真小气啊。

我是要写牛油果的,写了这么多花生米。花生米与五香豆腐干同嚼有没有火腿味道我不知道,牛油果对我来讲确实有油脂味,而且是很肥的那种。对于不吃动物的人来说, 若产生了吃动物的幻觉,不知道是不是不对?那还能不能吃?这就让我有点茫然了,我都快要搞不清楚我对牛油果的感觉了,还是不要再去想了。

加州的好吃的,还记得一种,玉米片蘸酱。必须黑色玉米片,必须纯牛油果酱不要洋葱粒,对我来说。牛油果酱配玉米片,真的很下玉米片。

搬到香港以后,我再也没有吃过牛油果。有没有七年?七年都没有再吃过牛油果。有时候叫比萨会突然想到新港的一间意大利馆子,牛油果和虾一起烤的比萨。有没有很好吃?也不大记得了。直到第七年开始上班, 每天上班的路上, 买一个牛油果三明治当早饭。有时候也走去楼下的一间店买一个牛油果三明治当午饭, 两个三明治店不在一个地方。早上的面包总是偏硬,馅料偏咸;中午的牛油果最新鲜,新鲜到每次吃就当是一天中最重要的事。

有一天去看医生,诊所楼下一间越南粉店,要一碗捞金边粉走扎肉走鸡丝,服务生说素粉更便宜,我说可是午餐送喝的啊,我走肉就好。服务生想了一下说,还是素粉更便宜。我说好吧,那就素粉吧。服务生说喝的我送你啦,你想喝什么?我说热茶多谢。又要了一份牛油果米纸卷,也不全是因为送喝的,是我真的想吃牛油果米纸卷了。

素粉吃完,米纸卷还没有来。留着几口茶,等着。

等了许久,终于来了,非常新鲜,非常碧绿,非常欣喜。一口,牛油果是生的。包在米纸卷里的生牛油果,特别生涩。

所以他们刚才是出去买牛油果了吗?大概没有人会点这道菜单最下边的菜吧。买不到熟透的牛油果,只好生的也卷了,也知道是生的。生意难做,还是希望卖出去这道菜。

生牛油果米纸卷,我配着茶吃完了。

上楼看医生,医生说,你要开心一点啊,你要多出门,多动动,你就开心了。我有点走神,我还在想加州卷里为什么要有牛油果。

小炒香干

我是在尔湾的一间川菜馆看见那个男生的。

我坐下的时候他的菜刚上桌,半只烤鸭,一碟青菜。

正对面的位置,不想看他也难。就这么看着他卷肉,卷葱条,吃了一个卷,又一个卷。

我从来没有见过那么专注地吃烤鸭的人,那种专注的气场,非常强大。

他的动作不大,也不是很快,也不是很慢,一切都是刚刚好。

半只烤鸭,十分钟,吃得干干净净。

然后他开始吃青菜,一碟青菜,也吃得干干净净。

然后喝茶。

叫来服务生买了单,走了。

这么认真地吃的人,我只在帕拉阿图的一个日本馆子里见过,二十年前了,一个高中男生,一碗白米饭,淋上酱油,细细搅拌,吃的时候一脸笑意。酱油饭也能够吃出快乐,让我一直记到现在。

现在看到的那个男生,也好像高中生的样子,一个人过来上学的吧?如果是个本地男孩,应该是一家人吧?一个人,一周才吃一次的烤鸭吗? 那么专注。

我想多了。

我刚刚到美国的时候,二十年前了,一周只能吃一次中国菜,因为一周只去一次中国店,那个角落里的卖牛肉拉面的柜台,算是一个熟食档吧。一周只去一次中国店,买葱都要买一捆,买了葱再在隔壁的录像店买电话卡,买满十张送一张。买到第九张的时候录像店被查封,卖电话卡也卖盗版的录像店,再也没有开过。

我写过一篇《过去未来》,我说我坐在中国店的熟食档吃着面看着来来往往的人,我就会看到我的过去未来。那个长直发白衬衫的女生,是我的过去。新到美国的第一个月,思念妈妈的菜思念故乡的雨季,每一个梦里都会回家。那个拖家带口的中年妇女,是我的未来,厚粉掩不了的眼袋,忘了梳的头,拖鞋和珍珠项链,一客蟹粉小笼馒头就给得了的心满意足。我也描述了一下我的现在:一张紧张一切的脸,还有沮丧,因为早上突然坏了一颗牙,因为打往中国的电话费涨了七倍半,细数着细碎的烦恼,一周一次要开一小时车才享受到的这碗面也变得可恶起来。

二十年过去了,我果然长成了拖家带口的中年妇女,除了不戴项链不吃肉,别的都跟预言一模一样。除了,一碗小炒香干就给得了我心满意足。

幸运饼干

城市之光书店走出去三分钟路程的一间中国馆子，樟茶鸭，辣子鸡，水煮牛肉，中国城最有名望的一间川菜馆。

菜的滋味不重要了吧，年岁渐长，很多时候吃饭只是吃回忆。

如同二十年前，期待着和账单一起来的幸运饼干，盛在小小的黑色漆盘里，两颗金黄幸运饼干，压住一张薄薄的账单，一边签单，一边掰开幸运饼干，看一眼签语条，饼皮落入口中。有时候会把签语带走，放进钱包，放好多年自己都忘了。多数是留在桌上了，还有小费算得清楚的账单：不能给少了，好多学生就指靠小费；也不能给多了，自己也还是清贫学生。

只有账单，没有幸运饼干。黑色漆盘还是黑色漆盘，描了金边繁花，精致不少。

看了看旁桌，也没有。

不甘心，招手去问。服务员说我们是没有幸运饼干的，再投来奇怪一眼。

我投回奇怪的一眼：中餐馆没有了幸运饼干，什么时候的事情？

我们的许留山

许留山可能是唯一出现在我小说里的甜品店，我从来不写甜品店，我的女主角不喜欢吃甜的。

我的女主角总是经过海防道，不是要去海港城，我的女主角不喜欢海港城，而是去九龙公园。九龙公园游泳池，九龙公园百鸟苑，她总是跟人约在那里。除了海防道，她也不认得别的道。海防道上有一间许留山，是女主角来到香港吃的第一间甜品店。

这是小说里的事。

散文里的事，大夏天里，我和我妈妈走在海防道，我说喝点什么吧？那时候我们还是游客，而且是没有做过攻略的游客，我们就拐进了路边的许留山。那个时候我们还不知道它是什么。

全是没有见过的菜单。我要了一杯冰的，忘了是什么，第一口整个头就被冻住了，有没有勇气再喝一口我不记得了。我妈妈要了一个捞河。太奇怪了又太好吃了，她是这么说的。我也尝了一口，果然奇怪，椰汁河粉，浸在芒果汁里，也果然好吃。

后来我妈妈在家门口的许留山也总是点捞河，却再也没有那么好吃过。

可能是那一天实在是太热了吧。那个时刻,那个地点,点什么都会是最好吃的,无法被超越。

家门口的许留山已经没有了,我却一直记得它的位置,那个地方已经是奶茶店了,网红奶茶店,可是我走来走去都没有记得那个网红名字。还是许留山的时候我们全家经常帮衬，从幼稚园到小学,从多芒小丸子到巧克力火锅,只要有季节限定或推陈出新我们都尝试。服务员是个大姐,起先对我们很恶,后来好一点了,后来我发现她其实对所有人都很恶，无论你讲地道的广东话还是不地道的。

我小说里出现过的甜品店原型就是这间，我安排我的男女主角坐在角落,男人露出真面目,女人只好扭过头去看墙面,很不平滑的墙面。

小学,我们换了一间许留山,因为就在小学门口,桌椅还是老式的木头的,也许是故意做成那样。我们会点什锦咖喱配饭,当作下午茶,我也开始吃热的,炖的,我已经中年,再经不起冻嘢(冷食)。服务员很年轻,也很得体,也许是我们的广东话特别不地道,她待我们总是更亲切。所以我也总会再要一盘芒果布丁再加一盒糯米糍带走。后来孩子长大,自己上学放学,我不用再去小学了。有时候去开家长会,那间许留山总是关着的,再也没有见它开过。

家门口的许留山重开了,换了个位置,仍然在角落。一个大姐,我不确定是不是原来的那个大姐,好像长得都一样,也许更严肃。是许留山的策略吧。一间小店,只用两个人,里面一个,外面一个,外面的大姐必须严肃。

我们只去了一次,孩子已经不喜欢许留山,一切都不是童年味道,桌椅又有点晃,再也不肯去。我仍是续了会员卡,那点情怀,我自己都有点理解不了。

我是不喝咖啡的,所以父亲来美国探我我都没有给他买过一次咖啡,偶然一次,好像是特别渴了,大学街上的星巴克买了一杯今日特选,只不过是普通的黑咖啡,我父亲说真好喝啊。

隔了好多年了,我父亲仍然会讲,他喝过的最好喝的那杯咖啡,是在加州,一间小星巴克,真好喝啊。可是我连那间星巴克到底是哪间都搞不清楚了,到处都是星巴克。

我后来给父亲买过各种各样的咖啡,总也超不过那杯。那个时间,那个时间的我,与我父亲,所有发生过的事情,再也回不去了。

听到许留山关了一些门店,也没有很震惊,似乎都是意料之中的事情。孩子上中学了,会自己用“熊猫”叫外卖,许留山还是在外送列表,三十分钟就到,那就好了。

满记的糖不甩

满记最有名的是榴莲班戟，但是榴莲我是从来不吃的，就要芒果班戟。只是那个戟字我总是不知道怎么念，念过“几”也念过“简”，无论念成什么，满记的服务员都明白，有时候还会帮着念完。我说“芒果”，她就说“班戟”，我要是已经念到“芒果班”了，她就念“戟”。所以满记的服务员，还是很贴心的。

班戟，英文名 pancake，一定要讲中文的话，就是薄饼，但是这里的人把 pizza 也译作薄饼的，只好念英文，pancake 是 pancake，pizza 是 pizza，士多啤梨就是士多啤梨。

第一次去满记是在沙田新城市广场，不知道那间还在不在，我把它写入过小说，一个女的约了另外一个女的，等来等去的那位就在满记外卖了一份榴莲班戟。我也不知道我为什么要在小说里写榴莲，我从来不吃榴莲，就是站在马来西亚的水果园我也不吃。

我在满记总是要芒果班戟和汤圆，汤圆有时候是带汤的，浸在红豆沙里，浸在姜汁里；有时候是干的，蘸花生碎和糖，就不叫汤圆了，叫糖不甩。

写到这里，我去查了一下，糖不甩为什么要叫作糖不甩？网上讲就是不甩糖的意思，这个意思讲了等于没有讲。网上还讲了，爱吃榴莲去满记，爱吃芒果去许留山。所以网上的东西，看看也就算了。

许留山和满记，我从来就没有把它们放在一起过。甚至对我来讲，它俩也不是甜品店、糖水铺、谁谁谁的童年回忆。许留山就是许留山，满记就是满记。许留山在元朗，满记在西贡，元朗和西贡也不是一个地方。

元朗我不大去，西贡常去，爬一段马鞍山后山到昂平再落到另一边的山脚，两个钟头，就到了西贡。山路出口左转，就是满记。

经常路过，却很少进去，大概是因为实在不爱吃甜的。去那间在沙田的店是因为陪母亲。母亲觉得好吃的芒果班戟，我也觉得好吃；母亲喜欢的店，也是我喜欢的店。母亲经常觉得食物好吃，这个好吃那个也好吃。母亲也经常笑，多不好笑的笑话都会让她笑，和母亲在一起，我也会笑得停不下来。我们有没有一起去过西贡老店？我不记得了，隐约记得小小的门面，老木头桌椅，还有露天位。母亲离开香港回老家了，我不再去满记，我吃什么都没有那么好吃了，我也觉得很多笑话不是那么好笑。

上周爬完山，拐进了满记，好久没来了，店铺好像大了，还亮了许多。还是要芒果班戟，女儿爱吃，女儿的口味跟外婆一样。女儿也经常笑，女儿笑起来，我也会跟着一起笑。看半天餐单，要了杏仁茶,先生讲:“怎么不要糖不甩?你不是最喜欢糖不甩吗?”我说:“我什么时候喜欢过糖不甩?”他说:“哦,”然后说,“那么要不要糖不甩?”

他对糖不甩这么执着,可是他自己都忘了,有一年他去爬山,认识了一对英国小情侣,那对小情侣后来来香港,我们请他们吃了满记。黑芝麻糊和糖不甩,有没有很好吃?我不记得了,只记得那个女生讲,糖不甩真是太有趣了。

他们后来结婚了,寄来圣诞卡,再后来又寄来宝宝的照片,真是美满啊。

其实我们并不懂香港人的意头啊,我们也是第一次点糖不甩,我都不知道为什么要点。我很迟很迟才知道,萨其玛在香港不叫萨其马,叫马仔,吃马仔赢马仔的意头。糖不甩是相亲时候女方家长表示非常同意的意思,甜甜的,亲事甩都甩不了。我也去查了一下如果不同意吃什么,原来是腐竹糖水。幸好那天我们没有请人家吃腐竹糖水。腐竹在我看来就是涮火锅的嘛,用来煮糖水?我想到现在也没想象得出来那种味道。

陆羽在哪里

陆羽，我只去过一次。一个朋友来香港，跟我讲：约你的香港朋友们喝茶吧。就约在陆羽了。吃的什么？鸡球大包猪润烧卖？我有点想不起来了。

我能够记得的就是，一个香港朋友跟我讲，十几年前，有个财主在这儿被枪杀了。

一边说，一边比画了一把枪的样子。

我的后背沁凉。我说你不要说出来嘛。

喝完茶，大家告了别，我和朋友走了很多路，去到山顶她住的酒店。一边聊天她一边削了个苹果，我说这个苹果太大了吃不完啊，她说那就一起吃吧，然后她把苹果一切为二，她一半，我一半。她比我上次见到的时候瘦太多了。

然后她再送我下山。走来走去我们迷了路。

同一条街重复走到第三遍的时候她拿出了手机，开了地图。我说我的手机里也有地图，但是就是开了我也不会看。她说她也不会看。我们继续走来走去。

看到一个地铁站,她问我要不要进去。

我说我还是想搭巴士。我们就一起站在了一个巴士站牌的下面。我不确定那是不是一个对的巴士站,也不确定巴士会不会真的来。天都黑了。

街上的人走来走去,我有点恍惚。

我们不能找男作家做老公,我说。她说对。

突然就来了一辆巴士。我匆忙地上车。

我们也不能找男评论家做老公。我一脚踏上巴士,又回头说了一句。她说对。

镛记的子姜皮蛋

镛记,我只去过一次。有位 K 小姐来香港,住在中环,就约我在那里。她有没有点烧鹅? 我不记得了,只记得一道子姜皮蛋。没有语言可以形容。

吃完饭去看 K 小姐住的民宿。有个天台,一定要来看,她说。

刚下过大雨,地还是湿的,一直往上走,一直往上走,就是那间民宿。

那间民宿,也没有语言可以形容。

我要讲的是那个天台,四围高楼,一个放满植物的天台,特别魔幻。

我们在天台拍了一张合影,后来再看那张照片,雾气弥漫,也特别魔幻。

我们聊了些什么,竟然一句都不记得了,只记得她送我一副耳环,碧绿小宝石,她从法国的古着店买来,很少见的夹式。

上一次收到耳环是二十多年前了,贝壳白,镶一圈小钻,太豪华了，所以一次都没有戴过。送耳环的是M小姐，失散了二十多年，后来又重新找到，油炸花生米加醋再加糖，温一小樽黄酒，没有话梅就算了。二十多年啊，好像也只是一瞬间。

碧绿的vintage耳环，在一个会议上戴过一次。在那个会议上碰见一个二十多年前认识的男人，拍了一张合影，他们都说我笑得很尴尬。

翠华在香港

翠华,我只去过一次,红磡站天桥下面的那一间。吃的什么?餐蛋面奶油猪菠萝油?我也有点想不起来了。我能够记得的就是,翠华真的好香港,香港到我都不想再去了。

昨天有人跟我讲:你赶上并见证了比黄碧云那时节更水深火热的香港。

我说我见证了什么? 我能够见并且证我自己在做什么吗?而且黄碧云的时节是什么时节?我和她不是在同一个时节的吗?

突然想到《堕落天使》,过了期的凤梨罐头,黎明和莫文蔚。

如果有一个时节属于我,《堕落天使》就是我的香港的时节。

不是前一年的《重庆森林》也不是后来的《花样年华》,刚刚好的《堕落天使》,十九岁的最后一天。黎明和莫文蔚,几层台阶的追逐。只有欲望是真的。

我也染过头发吧,为了你们要记得我吗?我想不起来了。

如今的我,真的白了头发。在香港生活久了,头发都要变白的。

用离散和漂泊来形容你准确吗？昨天的人问我，用“行走”会不会好一点？

我说：你再说一遍？

她说：有的评论谈你作品里的漂泊和离散。

我说：我不知道他们在说什么，很多时候我都不知道他们在说什么。

她说：好吧别管他们说什么了，我也会认真地胡说什么。

每天都吃得很多，但依然感觉好冷。

这一句就是认真地胡说。《堕落天使》里的每一句台词都是认真的胡说。

你不记得的。

我当然记得。

翠华当然在香港。

三德素菜馆:绿豆蓉饼与大麻糕

北角有一间书店,书店的楼上是一间三德素菜馆,素菜馆的每一个菜都很好吃,楼下外卖的点心也好吃,有一种绿豆蓉饼,百吃不厌。为什么是绿豆蓉饼,不是棋子饼,不是寿桃包、沙拉卷?我也不知道,只知道如果去到北角,一定会买一块绿豆蓉饼。

有一天突然想到,素菜馆的绿豆蓉饼好像家乡的大麻糕啊,不过是少了一层大芝麻。

一个人要是想起家来,记忆总有些偏差。就好像第一次去大澳,水上的人家和船,马上会生出看到江南故乡的错觉。

绿豆蓉饼与大麻糕,根本就是两种东西。大麻糕热情、浓郁,馅重皮酥,冲出烤炉的瞬间,简直金光闪闪。绿豆蓉饼就很轻简,馅心熟软,饼皮都是清淡的。我后来爱上素菜馆的绿豆蓉饼大概也是上了年纪的缘故吧,做减法的人生,能够拥有的越来越少,时间与牙。有时候怀念起故乡的食物,也不过是在怀念故乡的少年时代吧,放声大笑又放声大哭的热烈。

银发川柳读了好多，特别记得有位四十六岁的北斗先生——

越来越淡了

头发、记忆

和存在感

让我情不自禁又大笑了起来。

大自然:素馄饨

开始吃素以后,突然在家门口看见一间大自然素菜馆。其实它一直都在,只是之前走来走去,竟然都是视而不见的。

第一次走进去,吃的第一个菜,木瓜沙拉,极甜又新鲜的木瓜,一直记到现在。我之前最讨厌木瓜,见都不要见到的那种,现在只要去这间店,必点一个木瓜沙拉当例牌。各种神奇,只能讲是命运。

最神奇的是真的觉得每一个菜都好吃,炒面炒饭都比别家的香,后来想想,大概是因为安心吧,什么都能点,什么都能吃的那种安心。

于是约人吃饭总在那里,我觉得好的,我的朋友们也会觉得好的。

前些年,跟一个多年未见的好友约饭,她带着我走了很多很多路,去了一间很远很远的馆子,小小的一间店,只卖素馄饨。

全世界最好吃的馄饨,朋友是这么说的。

她的样子一点没变呢,眼睛也是二十年前的,又清澈又好看。

这些年都过得很辛苦吧,可是还有一碗好吃的馄饨,整个世界也是好的。

那碗馄饨的滋味到底怎么样,真的不重要了。我一直记得她明亮的脸,还有她笑着说的那一句话:全世界最好吃的馄饨。

枫林小馆:芋蓉香酥鸭

大围有一间枫林小馆,乳鸽和鸡粥最出名。第一次去是同父母一起,坐下来才发现侍应全是老人家,菜单都是手写的。

吃的什么忘记了,只记得父亲说这间餐厅令他想起了纽约的一间上海菜馆,装修和菜式都很接近。可是那间纽约的餐馆我也不记得了,吃过些什么更是忘得精光。我只是觉得父母年纪大了,看到什么都会去回忆,样样都是回忆。我从不回忆,也不会去记得,我还年轻着。

后来又跟朋友们去过一次,仍然是忘了吃过些什么、说过什么样的话。大家都嘻嘻哈哈地,举起手机拍菜单,拍菜,拍站在桌旁的老服务生。我想的是,这样的老店,真的是吃一次少一次,也许这一次就是最后一次。

果然是最后一次。

有位老师过来香港,我约他在大围,想要请他吃枫林小馆。过了街,到了门口,才发现餐馆已经歇业。沮丧到脸色都暗了,倒要老师来安慰我:没事没事,不如去街市转一转。

过了很久,有一天,突然想起来枫林小馆的一道芋蓉香酥鸭,油厚味浓,吃一块就饱,再也吃不下别的。以前住在美国的时候,泰菜馆也总会用芋蓉炸成盆碗的形状来盛菜, 我是觉得芋蓉比菜还要好吃。这么想着想着,突然意识到,我也开始回忆往事了呢:吃过的菜,住过的地方。也不完全是因为老了吧,很多回忆回忆起来是挺美好的。

故乡的食物

萝卜干炒饭

回家过年的时候发现旅游部门推出了一个“十大美味”名目。其中一道萝卜干炒饭，让我很惊讶，我的童年记忆里，萝卜干是用来搭泡饭的，为什么要用来炒饭？炒饭不是只用蛋吗？蛋炒饭，最高境界是粒粒晶莹，如同一盘碎黄金。

到达美国的第二天，朋友请客吃饭，一间叮叮当当的台湾铁板烧，虾和刀都可以飞起来，洋葱堆成火山，一碗白饭，一只生蛋，花式翻炒，最后洒一圈秘制甜豉油，是整顿饭的高潮和结束。

于是学会用豉油，扬州炒饭炒成潮汕炒饭，每颗饭粒都炒成均匀的古铜色才算成功。

炒面也一样，多落豉油，乌冬都能炒成中华面。

读过一篇文章，作者去山里人家做客，山民捧出黄豆米饭款待贵宾。黄豆还是硬的，米饭已经软熟，宾客的每一口就要很小心。因为感激山民的心意,冒着被黄豆磕掉牙的风险也要吃,慢慢地吃,黄豆与米饭,也别有风味吧。

豆腐干与花生米同嚼有没有火腿味我一直没有试过，但是溏心皮蛋配红姜片真的是吃出海蟹味,这个世界就是这么奇妙。家乡的萝卜干切成细细丁来炒饭,每一口清脆米饭,都吃出了童年冬天早晨的泡饭味呢。

扣肉

在文联做专业作家的第一个春节,也是唯一的一个春节,单位发了一竹篮年菜,有鸡有鸭,有鱼有肉,竹篮底一个青瓷碗,盖着油纸,我从未见过,问了人才知道是扣肉。

“蒸一下就好。”问的人说,“吃的时候倒扣到盘中。”

“碗呢？”我又问。

“什么碗？”

“这个碗啊！”我说,“肉倒出来了,碗要还吧？”

“还到哪里？”问的人反问,“这个碗也是送的。”

那可真是太新奇了。家里的碗碟都是一套一套的,突然多出来的这一只碗,倒出了扣肉以后,拿它怎么办才好呢。

后来来到香港生活，前三年都不知道杂货店送的印花有什么用,有一天觉悟过来集印花是要换餐具、换刀叉、换床单……可是换来一只盘子、一只碗,又有什么用呢？什么东西都要成双成套的才对吧。

那碗扣肉，带回家以后我母亲也非常新奇，也问了我同样的问题。我家的八宝甜饭和香糟扣肉都是自己做的，那碗单位发的扣肉是如何处理的，我不记得了，那只碗，我也再没有见到过。

我很快就离职出国了，再没有过单位，也再没有收到过扣肉。

白芹

在我的家乡，绿色的那种芹菜被叫作药芹，因为吃起来有药的味道。还有一种白色的芹菜，只有家乡才有，叫作白芹。

白芹冬天的时候才有，一两个月，其他的时间，当然是没有，似乎也栽培不了，家乡的人都知道。

我从来不爱吃芹菜，芹菜馅的饺子还可以接受，最憎西芹百合、西芹白果、西芹云耳，连带云耳白果百合一起憎。

偏偏到了美国，生西芹条宝宝胡萝卜蘸酱总是头盘，于是连带宝宝胡萝卜也讨厌，非常讨厌。

唯一不讨厌的是白芹，凉拌最好。什么调味都不需要，吃得出本味。可是一年回不了几次家啊，回家也不一定是冬天，于是白芹成为一个纪念。

今年过年回家乡了，坐在本地小饭馆，用本地话点一道菜单上没有的白芹。服务员说要去厨房看一下。看了回来讲还真有，菜农新送来，马上入单。

一桌人都很服气,去国离乡二十年,仍然一口标准本地话,白芹两个字,口音都没有偏掉。

糖芋头

每年过中秋的时候，我最记挂的不是月饼，是妈妈做的糖芋头。

糖芋头为什么是红红的？小时候问过妈妈。

放了碱,妈妈答。

芋头是白色的,碱也是白色的,好似石头的一块,芋头和碱在一起才会变红色。红色的芋头,才是我家乡的糖芋头。

好吃啊,去国二十年都不会忘掉的滋味。

但是只有过年的时候才回家啊，妈妈就把中秋的糖芋头放到过年的时候来做。

全世界都会变,妈妈的味道永远都不会变。

糖芋头为什么是红红的？一边吃,一边明知故问。

第一次做糖芋头,妈妈说,手痒了几天几夜。

为什么？这可跟我小时候听的不一样。

“削芋头皮的时候不知道要戴手套啊。”妈妈说,“又没有人告诉我。”

肯定是过敏,我说。

“好痒啊。”妈妈说,“用肥皂洗了好多遍都没用。”

我想起来我到美国的第一天,炒一盘长豆角,炒了好久好久都不熟。

不知道要加点水啊,那是我第一次做饭。那个晚上,我炒豆角都炒哭了。

豆渣饼

我家乡的豆制品,肯定是整个江苏省最好吃的。至于小排小笼包那些,让给别人吃好了,我没意见。我写过皮蛋豆腐,香菜生豆油拌常州豆腐最好。我也写过横山桥百页,红汤水煮,能下两大碗米饭。豆渣饼,我一直舍不得来写。

说是豆渣,其实非常讲究,白雀豇豆的豆渣。白雀豇豆又是什么?我没有见过。据说是白色豆子,豆上一个暗红小点,如同雀眼,所以叫作白雀豇豆。黄豆青豆也好,只要不是黑豆红豆,要不色泽不美。豆子磨成浆汁,特制漏勺,温热平底锅,一勺一个,豆渣小饼。

豆渣饼怎么吃?落在豆腐汤里,垫在咸肉刀鱼身下,滋味都在饼里。

我妈妈会做豆渣饼塞肉,两片大豆渣饼,中间塞了肉馅,油炸,我的外婆也是这么做的,我不会,炸物也是需要耐心的,炸得用心与随便炸炸的天妇罗都会有好大的差别。

豆渣饼其实是祭祀的素饼,也有人叫它豆斋饼。那么什么都不加,薄油烘热,就好了。民间智慧。

突然想起来小时候听过的一个民间故事。一个酒鬼,家贫又贪酒,经常捡人家酿完酒不要了的酒渣回去摊饼吃,吃了醉醺醺在街上走,邻人笑话他:又吃酒渣饼了吗?酒鬼生气:什么酒渣饼?明明就是酒。邻人又故意问:酒?喝了多少?酒鬼答:三张,三大张呢。

网油卷

网油,指的是猪腹部的一块油脂,剥下后成网状,所以叫作网油。

这层网油,要保持干净无破损,摊开晾干,然后用来包裹赤豆沙馅。

这只是网油卷其中一道工序,整道菜,基本就是个手工艺。

所以我有一次吃饭的时候碰到一个人,说他曾经是燕春楼的点心师傅,我就问他会不会做网油卷。

他说他知道,网油卷。

我说:那你会不会做?

他说做还是会做的,只是不大做。

其实不会做才正常,苏东坡都不会。为什么做不出来?主要原因还是那层“雪衣”,苏老师就是止步在了蛋清,蛋清“雪衣”怎么裹都阻止不了赤豆沙馅漏出来,不得不放弃。后人在蛋清基础上继续研发,将蛋清打发,再加入干淀粉,豆馅先滚一层淀粉,再挂上这层蛋糊,入锅油炸,豆馅就不漏了,甚至还能够透视。网油卷就这么做成了。

吃时再撒一层白糖,这个滋味,没有文字可以形容。

但是网油卷这三个字对我来讲,不是用来吃的,是用来辨别饭桌上自称老乡的老乡到底是不是正宗老乡用的。

洋葱炒蛋

去垦丁的路上有很多卖洋葱和莲雾的小摊，垦丁山风吹过的洋葱,会特别甜。我停下来买了莲雾,深紫色的莲雾。他们说只有垦丁的莲雾才会是这样的颜色。莲雾很爽口,但不是我喜欢的滋味。我没有买洋葱,但我一直在想,很甜的洋葱,会是什么样的。

回到香港以后,我看到阳台上有一颗洋葱,就做了一盘洋葱炒蛋。这是我离开美国以后,第一次做洋葱炒蛋,我离开美国,也差不多有十年了。他们都说诡异,洋葱,炒鸡蛋。我一个人吃那盘菜,我突然觉得,洋葱真的是甜的。

住在美国的那些年,我天天都吃洋葱炒蛋,因为我也不会做别的菜。但我从来不觉得洋葱会是甜的。在离开家之前,我连洋葱炒蛋都不会。我的家乡，就是那个他们说炒个小青菜都要放糖的地方。我很讨厌有点甜的菜,我一直想要离开家乡,永远不要再吃甜的菜。我年轻的时候就是这样的。

我吃了各种各样的菜,全世界的菜,可是总有欠缺,我不知道哪里出了问题。有个中国同学说，洋葱可以炒蛋，我就做了洋葱炒蛋。我一直记得第一口的滋味。我不记得先放洋葱还是先放蛋，我不记得洋葱要不要切成碎片。我做这道菜的时候总会有眼泪，因为是洋葱。

我没能学会一道家乡的菜就离开了家乡，如今年长，知觉都退化，可是依稀记起来家乡的菜，红烧的鱼，尾糟扣的肉，网油卷还有大麻糕。

父母有时候来探我，仍做那些浓油赤酱热闹响亮的家乡的菜，我不大吃，母亲便以为我在美国吃了苦，性情变了，口味也偏了。她听说我为了一盘夫妻肺片开三个钟头的车去隔壁州的中国城，她听说我开了三个钟头横跨了两个州还是没能吃到夫妻肺片，她以为我喜欢辣，她试着做一些很辣的菜，可是我其实是不喜欢辣的，我已经对所有的食物没有欲望。我不知道我什么时候会从这种消沉里挣脱出来，也许很久，也许以后都是这样了。

父母不大喜欢美国，也不大喜欢香港。他们探望过我，我很好，他们就回家了。我生活得还好，可是不能陪伴在年老父母的身边，我又是他们唯一的孩子。我会打电话，从网上买东西寄给他们。他们会说谢谢，不要牵挂。可是我总会夜半醒来，为自己的离开迷茫。我会想，有多少人像我这样的不孝顺又无能为力呢，而且我的一半人生都这么浪费掉了。有一些瞬间，我会想念母亲做的菜，夏天的丝瓜炒蛋、冬瓜海带汤，冬天的雪菜冬笋，塞了肉炸的豆渣饼。我分不清楚我是想念那些菜，想念父母，还是想念我的家乡。

红烧肉放不放大蒜，豆腐能不能烧菠菜，什么大不了的事情？我吃了那么多洋葱炒蛋，那一丝甜的滋味，隔了这么多年，才尝到。在去垦丁的路上，我才知道，洋葱是甜的。

素面

年轻人初春时节来到兰陵城,青布鞋踏上青石板路,未退尽的寒意。

马上就有闲人凑上来打听这个年轻外地人的来历。年轻人一概笑笑,并不回答。直到顺大一屁股坐到了他的对面,年轻人正在吃面,义隆素菜馆,头汤面。

“我同你讲。”顺大说。

年轻人抬头,看了顺大一眼。

顺大咽了口口水,年轻人要的是三两素面,断生。

“讲什么?”年轻人说。

“你要是想在这儿扎下根,”顺大咽了第二口口水,“你就应该拜个干爹。”顺大说。

“是吗?”年轻人笑出了声。

顺大板正了脸:“咱们西门,牢头禁子是顶顶威风。”

年轻人皱了皱眉。

暗处一张台，坐着个老头子，要的也是断生素面，拌面，豆腐干丝，硬且香。

老头子响亮地咳嗽了一声，顺大竖着的大拇指和眼珠便僵在那里，头一低，溜到外面去了。

年轻人望了那老头一眼，笑了，说："我叫老四，我在家里排行第四。"

老头子也笑了，说："来来来，坐过来。"年轻人就端着面碗坐过去了。

一年以后，好像也不到一年，老四在兰陵城就有了两个铺头，若说是老四的干爹、老牢头禁子的原因，也不全是。禁子什么的都是从前的事，如今老头过的只是泡盆汤吃老酒的清闲日子。若说老四真从那位禁子干爹那里学到了什么，大概也就是看人的本事。

老四本来就会看人，一看一个准。再加上禁子的眼睛，看人只要一眼，做生意就不大容易失手。

老四的干娘，天生一脸白麻子，但是受人敬重，当面都叫她师母娘，背后也不敢提个麻字。师母娘一直在想，老四真正要在兰陵城落下脚，到底还是要娶个本城的女子，才算名正言顺。于是四下张罗，订下南门一个大户家的女儿。大户是大户，可老爷少爷都吃鸦片，败落了的大户。

败落了的人家，女儿的规矩仍然教得相当好，婚礼也是相当体面，凤冠霞帔，三跪九叩，干爹和干娘坐了上座，饮了媳妇茶。老四那边竟然没有一个亲眷，娶亲这样的大事，老四也没有写一封书信回去。

赤着手出来闯天下的老四,终究是有了一个家了。

接下来是买地。老四挣的钱全用来买地,买了地,再盖屋。

没有人知道是为什么,地是老四唯一的软肋。一讲到地,老四的精明全不见了。

依旧是义隆素菜馆,头汤素面。顺大靠拢了老四,掩了嘴说:“河对过有块地要卖。”

“那地如何?”老四动了心。

“大。”顺大说,“老实话,大是真大,没人住的荒地,全是草。”

“买。”老四说,“地就是用来开的,荒地开出来了也是好地。”

老四有了决心,喝了口茶,心情大好,突然吟出一句诗:腰缠十万贯,骑鹤下扬州。顺大从来没有听过这么长的句子,不由得吓了一跳。

师母娘倒先知道了,捎了信来:那块地不能要,旧辰光杀头的地方,原来叫乱岗头的,杀头的人先在街上游,游到那个地方杀掉。

老四听师母娘的话,回掉了那块地。

顺大找了第二块地,老四买了。杀头的地方,全城只有一个,又没有第二个。

只是地中央一片小树林,这次没有人告诉老四,林中竟有几个老坟。老四咬咬牙,到底弃了那块地,也不是风水,只是忌讳。

船上的人没有忌讳,既是废地,不如住了去。干草盖了棚屋,船上人做了岸上人,不跑船了,跑黄包车,整个西门的黄包车夫全是原先的船夫,而且都是同一个地方出来的。黄包车夫们白天辛苦干活,半夜回到棚屋,运河水浇在身上,皮肤嗞嗞地响,烧酒配猪头肉,神仙不换的好日子。一块废地,有了人的气息。

老四年纪过了四十, 就是四爷了。四爷的太太四奶奶不大出门,家门前人家叫一声四奶奶都会马上低了头,也不知道是应了还是没应。

四爷和四奶奶生养了两子一女,老幺是老来子,体弱,但是生得精灵,于是最得关照。四爷只带老幺出去走动,兄姐就有白眼过来,背地里也有小动作。这个老幺竟是很犟,吃了痛也是一声不吭。

十虚岁生日的一大清早,老幺一睁开眼就看见他娘站在床前。老幺揉揉眼,娘脸上扑了薄粉,头上抹了头油,从未见过的压箱底的旗袍,蝶蝴盘扣和滚边儿还是崭新的。

“带你去吃小笼馒头,今朝只带你。”做娘的说这句话的时候很是小心,嘴唇都快咬着老幺的耳朵了。

老幺马上就爬了起来。跨门槛的时候背后射来两道光影,老幺心里一慌,脚下一乱,被门槛绊了个大跟头,急急地爬起来,拉着娘的后衣襟就出了门。

老板娘招娣满脸堆笑迎上来,银盘大脸,油珠汗珠闪闪发亮。

四奶奶低头掏荷包,荷包是在上海买的,绣了金珠银珠。招娣迅速地瞄了一遍金珠银珠荷包,旗袍,旗袍下面的透明洋袜。

“扬州鹅蛋粉来的吧?”招娣忍不住地问。

四奶奶没有表情。“一客小笼馒头。”四奶奶说,“蟹粉,顶黄。”

招娣脸上青了一青,马上又堆起笑来:“扬州粉卖相就是好。”

四奶奶眼睛望去柜上摆的几碟姜丝，都不新鲜了，不由皱了眉。

“新的新的,早上头新切出来的。”招娣赔着笑。趁着大人望住姜丝一眨眼的空当,手脚麻利,客人吃剩下来的香醋全部倒到小孩子面前的味碟里。小孩子眼睛盯住招娣,一声不吭。

小笼馒头上了桌,热气腾腾。

“趁热。”做娘的说,“醋里加些姜丝。”

儿子却一下站了起来,动作太大,板凳倒在了地上。就这么走了出去。

做娘的马上跟着出去了。

招娣追出来:“端都端上来了,要付铜钿的。”

四奶奶眼睛盯住招娣:“你再说一遍?”

招娣心里虚,只管嘴里啰唆。四奶奶也不理她,只是跟住小儿子。儿子又是没有话的,四奶奶也没有话,一路到义隆素菜馆。

“素面?”做娘的问。

儿子点头。

三两素面,一个荷包蛋。做娘的端坐在小儿子对面,双手平放在膝盖上。儿子吃面吃到最后,碗底里还卧着一只蛋。儿子抬了头,眼中含了泪,娘看起来就有些许模糊。

白雪冰砖

这个小儿子学习很好,年年班主席,只是四爷到底年纪大了,已经记不住事,家里主事的已是长子,兄弟相差了二十岁,感情上凉薄。小儿子读一年书要五元钱,钱又在大哥那里,小儿子要了几回,没能要到。撑完中学,去海岛当兵。

小儿子在部队里也不说话,跟所有的战友都远,不愿写报告也不愿写通讯,倒是愿意替所有的战友们写家信,一手好字,见字如晤,战友们表示感谢,于是教会他抽烟喝酒。一周休一天假,上了岸找好啤酒好牡蛎。小儿子找到白雪冰砖, 那一口香草冰激凌的味道,永远忘不掉。

退伍以后,小儿子去了发电厂上班,娶了全厂最漂亮的姑娘,生了一个女儿。女儿刚刚出生,大地震,太太抱着女儿跑出屋子。整条弄堂的人都住到了屋子外边临时搭建的防震棚, 如三天没有动静,再搬回去。

计划生育政策推行, 女儿成为最早的独生子女。女儿慢慢长大,长相像他,不像太太,脾气也像他,不说话。给她的零用钱都存起来,不买学校门前小摊的糖果,不买港台明星贴纸,什么都不买,只是存起来。

女儿有个同班同学,住在后边的弄堂,天天算准吃饭的点过来敲门。太太觉得可怜,盛多一碗饭,同学埋头扒饭,谢谢阿姨。

同学吃完饭,手脚麻利,偷了女儿抽屉里的钱,匆匆告辞。学校门前的小摊,鸡蛋饼、山楂糖、八仙过海贴纸,一次买光,送给所有的同学,同班的、隔壁班的、高年级的,唯独少了女儿。

女儿课后找了同学:“我妈待你这么好,你又吃了我家多少饭,倒偷我的钱。”

同学认错,说以后还钱。“如今手里只剩五分钱,你要不要?”一边说,一边翻白眼。

女儿说不要。

学期结束,同学没有还钱。女儿课后找了同学,说:“我会告诉你妈。”

同学笑到翻:“去告诉啊,又不怕你。”

女儿瞒了父母,瞒了老师,寻到后边的弄堂,爷爷弃了的地,三岁时候,地契已跟着爷爷下了葬。从来没去过父母也不让去的后边的弄堂,拐弯抹角的路,找到同学的母亲。同学的母亲正在啃一只红烧猪蹄膀,跟她的女儿一样,笑到翻。

女儿课后找了老师, 老师说你又没有证据。女儿说贼已经招认,只是钱全部花光,没有法子还我。老师叫来同学,同学又不认了。老师冷笑道:“说别人是贼,非同小可,你当真想好了?”

同班同学都说是女儿的错,不过是偷点钱,又不是死罪,穷了就只能挨穷?寻了家长,还寻了老师,富家女作死。同情占了上风,女儿再没有一个朋友。

女儿十岁生日,请了父母到大华电影院隔壁的地下室冰室,冰室的窗玻璃上写着冷气开放,全城唯一的一个冷饮店。

要了一个白雪冰砖,盛在金边瓷碟里,三把勺子。女儿努力地笑:“钱只够买一块冰砖,爸爸妈妈一起吃啊。”

爸切了一角,妈切了一角,白雪冰砖变成六边形。

“好吃吧?”女儿说。

常州早饭

吴小姐说要请我吃早饭。

可是我们并不在扬州,我只知道扬州的早饭好吃,我童年的时候父母经常带我去扬州,吃早饭。我父母是这样的,在一个星期要上六天班的年代,他们在那个最珍贵的第七天洗完了被子,打扫好了房间,然后搭一班三个小时的长途汽车,去无锡,吃一客王兴记小笼馒头。后来有了我,全家改去扬州,吃早茶,看一下瘦西湖,全是寒冷冬天里的事情。所以我的童年滋味,竟然是扬州,一个真的很瘦的湖,一个富春茶社,三丁包子,千层油糕,烫干丝,三省茶。

我也有三十年没有吃到扬州的早饭了,我不知道扬州的早饭是不是有点变化,到底三十年了,人是面目全非了,包子呢?

而且我们也不是在扬州,我们在常州。

所以吴小姐说要请我吃早饭,我第一个想到的只能是德泰恒的豆腐汤。

所以吴小姐在电话里笑到喘不过来气,等她笑完,我问她,是不是德泰恒已经没有了，她说是吧。我说文笔塔还在的吧，她说好像吧。

我记忆中还有一些吃早饭的地方，比如义隆素菜馆。

也不是它有多好吃，一个地方能够被留下，刻在心里，肯定也是因为那些它与你之间发生的事情。

我在义隆素菜馆碰到过我的化学老师，吃完面，老师跨上了他的自行车，跟我说再见，他都没有像一个真正的老师那样叮嘱我要好好生活，以前上学的时候他也没有叮嘱过我要好好学习，他把我叫到他的办公室，给我看考卷上的五十一分，然后细致地把那个五改成了六，然后对我说："你母亲还好吧？"我老是想写他家的事，可是他老是什么都不说，要不是我母亲是他的同班同学，我就真的错过了他家那风风雨雨的历史长剧，我会以为他真的只是一个化学老师，红鼻子，小个子，五改成了六真的一点都看不出来。

所以吴小姐说要请我吃早饭，尽管我不认为有什么常州的早饭可以超越义隆素菜馆的素面和豆腐干丝，但是我愿意去观察，既然她说的就是：我要请你吃早饭。

车停在一片仿古建筑的大门口。

"可以停的吗？"我问。

"可以。"吴小姐坚定地答。

"真的可以吗？真的吗？"我又问。

"可以可以可以，"吴小姐答，"没有什么是不可以的。"

我们肯定路过了一个名人故居，但是因为太早，门关着，我也没有能够进去看一眼。可是看了一眼也不会怎样，名人都不是这里的人，他只是死在这里。这里的人对死在这里的人格外敬重，雕了像又故了居。这里的人却对生在这里的人蔑视，很多人就跑到外面去了，死在别处。

吴小姐推开一扇木门，我瞬间落到了古代。一个院子，全是古代的家具，还有树和水缸，蟋蟀和睡莲。我站在大门口，不知道怎么办才好。

“坐啊坐啊。”吴小姐说。

院子中央是一个小方桌，四张小板凳，我坐了下来。院子的四面八方就走出很多人，全是年轻的男人，每一个都长得一模一样。他们在小方桌上放下了各种各样的吃食，又散落到院子的四面八方。

“一起啊一起啊。”吴小姐说。

“好啊好啊。”他们温和地答。

然后就剩下吴小姐和我，摇着扇子，开始吃早饭。

我吃到了糍饭糕和不夹油条的米饭饼，快要失传的常州早点。

“太会买了。”我说。

吴小姐一笑，说：“他买的，他知道是什么，也知道哪儿做得最好。”

我顺着吴小姐的视线望过去，早晨清淡的太阳光，一个正在给院子里的花花草草浇水的好看的男人。

于是我中年的滋味，就是这样一个院子，院子里一个穿着古代衣服的男子,水帘之下,竟然还出现了一道彩虹。

如果我是写穿越剧的,此处该是《琅琊榜》的第一集了,但是我不是,我吃完了糍饭糕,伸手过去取了第二块米饭饼。

我还在轻工幼儿园上小小班的时候,每天早上的早饭,都是一块米饭饼。西瀛里,一个只卖米饭饼的老奶奶,花手帕包住那块温热的米饭饼,一路走,一路吃。女儿牵着母亲的手,数着地上的方格,希望这条去幼儿园的路永远也走不完。

遇到了一对要饭的母子。

女儿说,今天的米饭饼是苦的。

女儿说,那个要饭的小孩,给他吧。

于是缺了一口的米饭饼,由女儿的手,传给要饭的小孩。

要饭的小孩接了过去,大口吃起来,站在要饭小孩后面的要饭的大人也没有说什么。

女儿回头张望,他吃不吃得出来米饭饼是苦的?赶着上班的母亲快要迟到,心急透过了手心。终于还是到了幼儿园的大门口,女儿放声大哭起来。

米饭饼

母亲生在青果巷,母亲的姐姐们都生在青果巷。外公去世,家道中落。姐姐们出外谋生,嫁人,或去工厂做工,母亲还在新坊桥小学上小学,与外婆相依为命。放学回家,一碗冷饭,茶泡饭,已经很满足,有时候冷饭也没有,做完功课,早早上床,床边的墙角已经长上了青苔,孤儿寡母的家。

所以到了早晨,母亲上学前,外婆在枕头下摸来摸去,两个角子,买一个米饭饼吃,是母亲一整天的指望。

可是角子给了卖米饭饼的老太婆,却没有米饭饼拿出来。

母亲在旁边站了好一会儿,肚子咕咕地叫。鼓起勇气问一句,最低的声音:“我的米饭饼还没有给我。”

卖米饭饼的老太婆叫起来:“钱呢? 你又没给钱! ”

母亲走开去,上学的时间到了,眼泪含在眼眶里。

母亲再也没有吃过一口米饭饼。

母亲的女儿倒爱极了米饭饼,每天上幼儿园的条件,就是一块米饭饼。

母亲要搭公交车去上班，七路车，去是一个钟头，回又是一个钟头，每天送完幼儿园都要迟到，迟到就没有全勤奖，奖金也不算什么，只是总被人嘲笑。

这个女儿总是发恶，要穿昨天的花裙子，要别前天的花手帕，样样满足她，还是赖在地上。母亲终于发怒，砸碎了父亲的玻璃烟缸。问她到底还要什么，女儿望着碎了一地的玻璃，最后再要一块米饭饼，当个台阶下。

女儿不去幼儿园。不合群的女孩，每天都孤独，唯一的朋友是另一个被确诊了孤独症的男孩。这个男孩有一天不见了，女儿鼓起勇气问一句，用最低的声音。老师说："他永远不会再回来，因为他不乖，就像每天不睡午觉打扰到其他小朋友的你。"

不睡午觉的女儿被关在储藏室，直到母亲来接才被想起来，放出来。这个女儿再也没有睡过午觉，而且天大的黑都不能再叫她害怕了。

母亲不说话，在幼儿园门口卖手作的小摊，给女儿买了一只绒布做的狮子。

"你不吃肉，也不要藏在碗底。"母亲说，"藏到碗底下又有什么用呢？总会被发现。"

女儿不说话。

"这个幼儿园的饭已经是全城最好吃的了。"母亲说，"可是你什么都不吃。"

“炖鸡蛋让我呕！”女儿说。

“为什么？”母亲说。

女儿不说话。

“你知道这个世界上有很多小孩连一口饭都吃不上吗？”母亲说。

“炖鸡蛋让我呕。”女儿说。

“为什么？”母亲说。

“就像鸡蛋死了,烂成一摊。”女儿说。

酱油拌饭

我第一次见到酱油拌饭是在帕拉阿图城的一间日本餐馆，两个本科男生。落了座，一个男生要了一份加州卷，另一个男生只要一碗米饭。米饭端来，他把桌上的酱油滴了几滴在米饭里，搅拌均匀，一大勺放入口中，脸上的表情都是满足的。

快要二十年前的往事，那个时代还没有深夜食堂，日本版的韩国版的，我只记得黄油拌饭，一块黄油慢慢融化到热米饭里，那一分钟，都看得入神。

我写信告诉父母这件事情。去国离家，每天与父母通一次电子邮件，报平安，也是写日志，后来越来越忙，也就不写了。但是留下了二十万字的家信，我写了十万，父母写了十万。父母用的手写板，辨识度很差，一个字，往往要写好几遍。

我在信里说竟然在美国看到酱油拌饭，穷的吗？难道真有那么好吃？母亲回复邮件说，小时家贫，酱油拌饭都吃不上，放学回家，冷饭都没有一碗，只好做完功课去睡觉。后来上山下乡，十年插队，拌饭的只有咸菜。到了年关队长说要清洗酱缸,倒出所有酱料,里面一只大老鼠,已经浸到皮脱肉烂,和咸菜混在了一起。原来知青们的这一年,吃的都是老鼠咸菜。

我出国的时候安慰母亲，我不会苦的。母亲说洋插队也是插队。送别的机场,母亲红了眼睛。我到美国的第一个傍晚,自己剪掉长发,穿上围裙,炒一盘豆角,炒了很久,豆角还是生的,我终于哭了。我从来没有告诉过她。

父亲另外复了一封信给我,说他小时候就是吃酱油拌饭。酱油拌饭很好吃啊,父亲还画了一个笑脸。父亲家里是有钱的,有钱人家的小儿子,也是看着脸色生活的,为了上学堂的钱,跟大哥低头。筷子若是高了若是快了,哥嫂的眼睛都会看过来,宁愿自己摸到厨房的角落,盛一碗饭,酱油拌了,站着吃,可以吃两大碗。正是长身高的年纪,还顾得上什么体面。我小时候父亲给我讲过一个体面老爷的笑话,一个很要体面的乡下老爷喜欢吃大麻糕,可是总有一些芝麻漏在桌缝里,芝麻很香,老爷很想吃,正好下人过来回报个什么事情,老爷机智,一拍桌子:“岂有此理！”芝麻从桌缝里弹了出来,老爷吃到了芝麻。父亲讲完总要哈哈大笑,我总是不明白他笑什么。如今想到他年幼时站在厨房吃酱油拌饭,我也要哈哈大笑,都笑出了眼泪。

大麻糕

有人从家乡来，问我带什么给我才好。我不好意思说我要青果巷巷头上现炸的虾饼，我就说什么都不要。他们就说："大麻糕吧，好不好？"

我的家乡能够拿得出手的吃的，只有大麻糕？

只有大麻糕。

大麻糕是什么？其实不是大麻的糕，只是芝麻和面粉做成的饼，甜的或者咸的，每天的早饭，配一碗浓茶，或者豆腐汤。

我很不喜欢大麻糕。大人们又总喜欢买来吃，于是很勉强地吃下一块椒盐小麻糕，皱着眉。其实还挺好吃的，我只是厌倦这样的生活，空心烧饼，为什么要每天每天吃，就不能吃点别的吗？

我也经常见到麻糕桶。我小的时候，做大麻糕的就都是外地人了。那些师傅站在麻糕桶的后面，饼坯蘸清水，一块一块贴入烧热的大桶里面，小火慢烘，三分钟就好，长铲刀起出麻糕，再飞快地贴进新的生饼坯。总有老奶奶一次买走一炉的大麻糕，于是站着等下一炉,也不过几分钟。可是站在旁边,都会觉得很厌倦。

我后来离开家,思念这个,思念那个,都没有思念过大麻糕。

搬到香港,父母来看我,带来了大麻糕。他们以为要和美国一样,烤苹果派送给邻居们。可是香港和哪儿都不一样。住在日本的朋友搬新家,要买礼物送给一条街的邻居,礼物都不用很贵重啊,但是要花心思包装,装进礼物袋,一家一家去送。我说日本人的那一套很奇怪啊,一条咸菜都包得精美,有多假就有多假。我的朋友笑笑说,邻居奶奶家的橘子树长得真好啊,树枝伸过墙头,果子掉在了我家的院子里,我让小朋友们把橘子捡到篮子里,送回给邻居奶奶,邻居奶奶笑呵呵地说,掉在谁家院子里的果子,就是送给谁家的礼物呀。

我很嫉妒她的邻居有一棵橘子树。我住在香港,我没有院子,我住的楼,邻居们从来不笑。

我不能跟父亲说,不要送,在香港不要送。我也不能阻止父亲总是跟的士司机说谢谢。我也会说谢谢,给多小费,有时候,我只是从来不笑。

大麻糕装在精致的盒子里,送给香港邻居。邻居说谢谢,内心肯定是惊诧的。那一盒千里迢迢的大麻糕,有没有被好好地吃掉?邻居没有告诉我。大家还是不笑,有时候点个头,一句话都没有。

父母后来来看我,再也没有带过大麻糕,豆渣饼都没有带过一包。

越南粉

邻桌的老伯把生牛肉片翻到碗底,静候三分钟,如同深夜食堂里的黄油拌饭。

我要的是扎肉,不用等,白白地浮在汤面上。

这碗香港的越栈河粉, 仍然叫我想起加州。我第一次吃越南粉,是在加州。一周买一次菜,有时候搭火车去到下一个站,那儿有一个中国店。中国店的旁边就是越南米粉店。

搭火车买不了什么,一把葱,一棵白菜。不喜欢这样的生活,又要过下去。回不了头。

一碗生牛肉金边粉,许多芽菜,多到超出想象。一枝九层塔,一枝不是一片。大半个青橙,不要也得要。于是我记忆里的越南粉,像美国,丰富,热情,不管不顾。

牛肉片必须薄,要不再滚的汤也不能让它熟。用了猛劲的汤,仍然不好喝。汤不好喝,粉也不好吃,仍然要去吃。又没有别的可以吃。

生牛肉沉到碗底,九层塔捞走,青橙汁一点点。桌上有辣椒、鱼露,从来不用。已经不好吃了的越南粉,好像已经坏掉了的爱情,还能更坏吗?

等三分钟,肉熟了吗?还是老了?有人告诉我爱不爱都要多等两天,有时候隔了夜就没了爱,有时候要确定一下这次能多久,有时候不是爱,原来不是爱。

很穷的时候,黄油拌饭真好吃啊。很缺爱的时候,寂寞也当作爱。

越南粉好像过桥米线啊。我好多年没有吃到云南米线了,有一年我去了两次云南,会不会是因为过桥米线?云南的早饭总是米线,好吃到哭的米线,什么都有,五颜六色,还有真的菊花的花瓣。

小时候住的小城,有一天搬来一家云南米线店,唯一的一家,在最繁华的一条街,一对老夫妇和一个很帅的儿子。这个儿子喜欢文艺,很快和城里的文艺青年打成一片,乐队的,电台的,街上晃来晃去的男女青年。我太小了,他们都不带我,十四五岁,要是十八九岁就好了,我又不能再早出生几年。我只能看着他们,多想跟他们一样。他们去米线店吃米线,我也去,但得跟着我妈。有时候能够遇到他们,他们嘻嘻哈哈,我只是一个眼巴巴的小姑娘。

他们说他和一个电台姐姐谈恋爱,我也真的在米线店见过那个姐姐。后来米线店家的儿子和米线店都不见了,后来电台姐姐去了电视台做女主播,我跟她提起米线店,主播姐姐迷茫:“什么米线店?什么时候有过米线店?”

我在下班的路上发现了一间米线店，店主是一对更老的老夫妇。我总觉得就是他们,应该是他们,不过换了一个地方,那个再也没有见过的儿子,肯定去了更大的城市,肯定的。我要了一碗过桥米线,所有摆成花的材料一起落入汤底,应该有一个顺序的,可是没有人告诉我那个顺序,从左到右,还是从右到左,如果菜和米线迟早会在一起,为什么不是一开始就在一起,就像谭仔米线。谭仔米线在香港一直都是要排队的,很挤的空间,很多的眼睛,如果放菜,还放米线,等那三分钟,就会像做戏。很多人又不喜欢烫,很多人没有时间,海皇粥店都推出了温轻粥,香港人连等一碗生滚粥变凉的时间都没有。

有的小姑娘爱上年长的男子,他们的经验消磨了她们。被提前消费了的姑娘,被老爱情教坏了的姑娘。我们长成老少女,肯定是因为在真正少女的时候没有真正地恋爱过，和一个真正年轻的男人。也许很多时候,我们就是需要等那三分钟。

三丝鱼卷

每到过年，就会有好多人送来好多鱼。就好像香港人过年要买裤一样，裤是富的意头，鱼也是余的意头。

我母亲很为那些鱼犯愁，因为太多了。青鱼和鲢鱼，每一条都在十斤以上。江南冬天，水龙头里冰冷的水像刀子一样流出来，空气里都是小刀子，手伸出去就是伤。要把那些鱼都剖洗处理，有时候要做到晚上，到了晚上，又有人送来了新的鱼。那个时候是不可以收钱的，过年的时候可以收鱼，不能不收。那些鱼开膛破肚，一排一排挂在厨房，竹扦顶住身体的两侧，凝固了的血，便不觉得是血，冷血的生物，也不觉得它们是生物。我走来走去，当看不见，我也不吃鱼。

鱼被送去炸，做成爆鱼，或打成鱼浆，做成鲜鱼圆，然而还是有很多，往往要吃到过完年。

每年都是母亲亲手准备年夜饭，三口之家，不需要很多菜，然而总是许多菜。汤和甜品，热菜和冷菜，每一碟冷菜上面都要放香菜。不只是装饰，父亲爱吃，卷起来，蘸加了糖的镇江香醋，也是习惯。所以我长大以后总也不习惯香港人的红醋，我也总是接受不了酱油做蘸料。

爆鱼配白酒，就没有那么浓郁了。羊糕和肴肉，糖醋小排。如意菜，总要有如意菜，黄豆芽的形状是一把如意，所以是如意菜。离开家快要二十年，都不会忘记。可是忘记了是几时学会饮酒的，独生女儿，陪着父亲喝杯好酒，是幸福。

所有的年菜中我最喜欢炒素和豆渣饼塞肉，都是外婆的菜，传到母亲手里，应该在我手里失传了。还有甜饭，白到透明的圆糯米，自己洗的红豆做馅，金丝蜜枣和莲子心做底的八宝甜饭，每一个年都是甜的。

酒喝了一杯，母亲会去厨房炒盘热菜，鲜笋鱼肚，清炒虾仁，红烧甩水。总有一道三丝鱼卷，青鱼皮卷了鲜笋丝、火腿丝和香菇丝蒸，最费工夫。我从来不吃，我不吃鱼。我有一个朋友说过我家的三丝鱼卷是她吃过的全世界最好吃的东西，她说你有多幸福啊你都不知道。我的这个朋友父亲早逝，有一个弟弟，家庭的负担很重，终于找到条件还不错的丈夫，待她也还好。有一天她跟我讲，如果时光可以倒流，如果神再给她一次选择，她会要回她的父亲。

我在美国找一盘唐人街的夫妻肺片，横跨了两个州的时候，突然理解了我的幸福。我想那一道我从来没有吃过的母亲做的三丝鱼卷，肯定是全世界最好吃的东西。毫无疑问的。

汤圆店

不是元宵节,为什么要吃汤圆呢?

所以有人带我去吃汤圆,我觉得很不自在,但我还是去了,因为我很喜欢那个人。十七八岁的时候,只要和喜欢的人在一起,什么都可以。

一间小小的汤圆店,只卖汤圆,一个沉默的老奶奶,板着脸,都不笑的。芝麻汤圆和鲜肉汤圆,没有第三种馅。也有小圆子,可可味和白糖味。

我要了白糖圆子,并不觉得十分好吃,只是煮熟了的圆子,浇上白糖水。家里也做圆子,酒酿桂花圆子,酒酿和糖蜜桂花都是自己做的。我大概知道做酒酿的工序:浸过一夜的圆糯米,蒸熟,拌入酒药,然后等待。顶要紧的是干净、温度和时间。糖蜜桂花也是,自己采摘的鲜桂花,一层花,一层糖,压得密实,玻璃的罐子可以清楚地看到那些层次。

我在想他为什么要带我来这间汤圆店,他是一个主播,他们都说他长相太好。“你们一定是会分手的。”我的朋友都这么说。

我看着他，他在吃一只鲜肉汤圆，好像挺开心，我也见过他因为要赶去读夜校，冰箱里的冷饭浇上番茄炒鸡蛋，吃得又快又香。

后来我们分手，再没有人带我去吃汤圆，我独自去了一次汤圆店，要了可可小圆子，不过是白糖圆子，多加一勺可可粉。

小小的汤圆店，很快就不见了。一个地方总有一个地方的习惯，不是元宵节，为什么要吃汤圆呢？这个地方的人都是这么想的。

我后来在香港，才知道汤圆还有花生馅的，莲蓉馅的，红豆沙馅的，可是我一直都不喜欢那些味道。香港人真的好爱吃汤圆，冬至吃汤圆，元宵节当然也吃汤圆，糖水店里也常年卖着姜汁汤圆。还有糖不甩，没有馅的水磨糯米粉大丸子，蘸了花生碎吃。旅途中认识的一对情侣，有一年来到香港，想不到请他们吃什么呀，坐在满记，要了糖不甩，那个姑娘连连地说，太有趣了，太有趣了。他们回去以后结了婚，生了一个宝宝，圣诞节的时候寄来家庭照卡片，我就想起了他们，一个觉得糖不甩都很有趣的姑娘，他们的生活，肯定也会是很有趣的吧。

后来我想，我年轻的时候，那家小小的汤圆店，那些小圆子，其实也是挺好吃的。

泡饭

母亲做了咸菜毛豆,因为是住在香港,所以特别珍贵。我也不知道她是怎么找到的食材,我在香港只买得到生菜和通菜,通菜和生菜,至于毛豆子,它们也和住在美国时一样,一包一包,冻在雪柜里,硬邦邦。

因为带回了母亲做的咸菜毛豆, 而且冰箱里还有昨天晚饭时剩的一勺米饭,我就做了一碗泡饭,不是粥,是泡饭。

白水烧开,放入隔夜米饭,三分钟,就好了。配咸菜毛豆。一边吃一边笑。我已经有二十年没有吃过泡饭了。我小时候很恨吃泡饭,每天早晨每天早晨都要吃,配龙须菜配宝塔菜配玫瑰腐乳,就不能吃点别的吗?我只想离开家,去远方,更远的远方,永远不要吃泡饭。

我小时候的朋友后来找了一个北方的老公, 她老公只吃面食并且鄙夷南方。南方人很做作啊,南方人很矫情啊,南方人做菜居然都是甜的,米饭根本就没有营养你为什么还要吃,吃米饭会胖你不应该吃,米饭是甜点啊怎么可能是主食。这个朋友说,我对我父母所有的愧疚,就是找了一个根本不喜欢我的丈夫。这个朋友后来信神并且决意改变自己,她不吃米饭了,她也不再联络我。我再也找不到她,我想一定是神带走了她。

这个早晨,我给自己做了一碗泡饭,热腾腾的泡饭,北方人眼里不可思议的泡饭,一边吃,一边笑。为什么要哭呢?我还可以给自己做一碗泡饭,真的就是童年的滋味,真的好好吃啊。

秋白豆腐

瞿秋白说的,中国的豆腐也是很好吃的东西,世界第一。

我不知道瞿秋白讲的好吃的豆腐是什么豆腐。瞿秋白生在常州青果巷八桂堂,水瓶星座,十七岁离开家乡,三十六岁死在福建长汀。所以常州的豆腐和长汀的豆腐,瞿秋白都应该是吃过的。

我从来没有去过长汀,所以不知道长汀的豆腐到底有多好吃。去过的人说长汀豆腐是煎酿的做法,肉碎镶入豆腐,小火慢煎,福建菜好像很多都要剁的,把剁碎的什么再装入什么然后油煎。新搬到香港的时候,因为邻居总在半夜发出咚咚咚的巨响而报过警,直到一年以后,见多了街头的煎酿三宝,才醒悟过来那声音不是斩人而是做饭。

所以我理解的长汀豆腐,就是剁,加上油煎。如果你要说“那是不对的,你们江苏菜就只是加糖加糖加很多糖吗”,我觉得好像也没有错,无锡的小笼包都是甜的。但是常州人做豆腐,是拌的。

我也许什么都不会做,但是拌豆腐,我是从小就会了的。

嫩豆腐划三刀,我的做法,你也可以划五刀或者不划,生皮蛋切碎,与香菜碎一起摆上豆腐,淋上香油及酱油,就好了。简单吗?只是,不是香葱必须是香菜,不是麻油必须是生豆油,不是山水牌盒装嫩豆腐必须是常州豆腐。

我再也没有做过拌豆腐,因为我也没有常州豆腐,我离开家乡已经快二十年了。

我小时候的家附近就是一个豆腐厂。我记忆中的豆腐厂,总是昏黄的灯,天还没有亮的时候,豆腐厂就有了工人,我去上学的时候,看得到一板一板豆腐装上车运走,那些豆腐都是热腾腾的,用布包着。那些白色的烟雾总让我恍惚又让我悲伤,我也不知道是为什么。

瞿秋白十七岁离开家肯定是因为太穷了,穷到母亲只能吞火柴头自杀。我外婆家也是太穷了,穷到只能带着我的母亲离开青果巷,然后我的母亲在很多年以后才回去那条巷子,巷口新开的楼盘买一个房,那个房窗子的方向,就是旧家。

我想的是,如果我离开了,我应该不会再回去吧。水瓶座最爱自由,可以为了自由去死。所以水瓶座的瞿秋白,死的时候一定是自由的。

锅贴和牛杂汤

清真寺旁边有一个小店，只卖锅贴和牛杂汤。我很小的时候就在他家吃下午点心，放学以后，周末，有空就弯过去吃。我觉得他家的锅贴是世界上最好吃的锅贴。有一次还和妈妈在锅贴店门口碰到了同班同学，妈妈也请同学吃了好吃的锅贴，妈妈对待我的同学和朋友都好像是对待我一样，有同学来找我玩都会留饭，大概是因为妈妈做的饭太好吃了，饭点来找我的同学变得越来越多。我的外婆也是这样，外公去世以后，家里很穷，可要是哪一天做了大馄饨，外婆都是会端给邻居们的。妈妈讲是因为我们家的人鼻孔生得大，鼻孔很大，人就会很大方。

后来我开始写作，出版了一些书，有一个邻市的姐姐很喜欢我的书，设法找到了我，和我成为朋友。邻市姐姐有失眠的问题，睡前总要一瓶黄酒配三颗安眠药，然后打很长时间的长途电话给我，直到我说了晚安她才能够去睡，每天都是这样，每天都是这样。我很难过，我知道失眠很痛苦，我又不能为她做点什么。

邻市姐姐带了她的小孩来找我，妈妈做了好吃的菜，邻市姐姐说了很多谢谢。我也请她去锅贴店吃我最喜欢的锅贴，她的小孩很喜欢锅贴，吃了很多很多，邻市姐姐就有点不好意思，说她其实是管小孩的，不许小孩吃太多。我说为什么不许呢，好不容易碰到喜欢吃的东西。

后来我中止了写作，离开家乡。直到有一年回家过年，想起那个姐姐，给她打了一个电话。她接了电话，没有欣喜，却说，有的人真的很奇怪哪，都已经混得那么惨了还敢装腔作势地来找我。我以为我听错了，我说：你说什么？她就又说了一遍：有的人真的很奇怪哪，都已经混得那么惨了还敢装腔作势地来找我，你懂哦？我说了晚安，挂了电话。原来对于有的人来说，不写作的我，真的是一钱不值了呢。

我并没有因为失去朋友和尊重就又写作，我回到美国，继续我的生活，我也许不知道未来是什么，但是我坚定地知道，比写作更重要的是生活。即使后来我又回来写作了，重新拥有一个工作的圈子和一些一起工作的朋友，但是我会一直一直地记得谁说过的：你可以忙这忙那，你可以有这个圈那个圈，但是你要知道，有一个最重要的圈，叫作家。

我很少回家乡，但是只要我回家，我肯定会去吃锅贴。真的是过了很久，清真寺都没有了，那家锅贴店已经搬去别处，巷子的深处，我找到它，用家乡话，叫二两牛肉锅贴，配上一碗加多香菜碎的牛杂汤，还是跟我年轻时候的味道一模一样呢。

棒冰

真热啊,如果爸爸妈妈在家,一定会给我买一支棒冰的,就像往常那样。可是爸爸妈妈不在家,可是真的好热啊。

卖冰棒的又停在门外,一直一直地敲:“棒冰!棒冰!”

如果爸爸妈妈在家,会给我买一支奶油的棒冰,一支赤豆的给妈妈,一支芝麻的给爸爸。如果爸爸妈妈在家,就会从手提包里拿出钱来,去买棒冰。

这么想着,就从妈妈的手提包里拿出钱,去买棒冰了。爸爸一支,妈妈一支,我一支。

捧着三支棒冰回家,高兴地吃了自己的棒冰。等着等着,爸爸妈妈还不回家,棒冰都化了。

化掉的棒冰被放入水池,赤豆棒冰,芝麻棒冰,颜色很深的糖水,凝在水池口。突然有点害怕。

爸爸妈妈回家了,不敢告诉他们棒冰的事情,头一次自己买东西,而且没有经过大人的同意,不敢告诉。妈妈晚上发现钱不见了,那是三张十块钱,很多很多钱,好像是妈妈一个月的工资。

卖棒冰的大人收了三张钱,给了小孩三支棒冰,就骑着自行车跑了。自行车的后架上是棒冰箱子,棒冰都用毛巾包起来。一个小木棍,敲着小木箱:“棒冰!棒冰!”卖棒冰的大人踢掉撑脚,自行车骑得飞快,棒冰箱子都没有来得及合上。

爸爸说,要打手心。妈妈说,不要打,要教会她认钱。爸爸说,要打,要不记不得。妈妈说,女儿不能打。爸爸说,要打,打一下,就记得牢。妈妈说,好吧。眼眶里充满眼泪,蹲下身,对女儿说:“记住,以后不可以拿大人的钱,永远都不可以,这次拿了,要打手心。”女儿点头。

那一下真疼啊!疼得眼泪一下子就涌出来了。手心红了,过了一会儿,还肿了,肿得连吃晚饭的筷子都握不住了。第一次也是唯一的一次打手心,我记得,而且记得很牢很牢。

味噌汤

米安教会了我做味噌汤。米安也是中国人，只是住在日本很久，很会做日式的饭菜。

所以《小花的味噌汤》里四岁的小花把豆腐放在掌心用小刀切，我都会觉得很亲切，因为米安也是这么教我的。所以我做味噌汤的时候，也是把豆腐握在手心的。轻轻的，刀锋怎么会伤到手呢？做味噌汤的豆腐都是很嫩很嫩的。

米安管味噌叫作米索，应该是味噌日文的发音。米安说韩国店都会有卖，一盒一盒，像咖啡冰激凌。

挖出来的味噌浸在滚水里，用筛子一点一点研磨，我说反正都是煮在汤里，一整勺放进去不就好了？米安抿着嘴笑笑，放入昆布，豆腐握在掌心，切成细小的方块。

“为什么要放在手心切？”我问米安。

“就是这样的啊。”米安答。松开手，豆腐落入汤底。

“最主要是这个。”米安说。橱柜里拿出小小的一个瓶，上面写着味之素。我后来再也没有找到那种画着鱼和海洋的小瓶子,有的瓶子很相像,可是上面写着别的字。

最后是香葱和柴鱼片。已经刨好的鱼片,我不好意思让米安再现场刨给我看一下,那个刨鱼干的木盒子,成为我心目中永远的神秘盒。我也曾经给韩国的朋友带去大白菜，希望她腌制泡菜给我看,可是她说她已经不会在家里做泡菜了,她家每天用的泡菜都是去韩国店买,而且到了美国,她家也不是天天吃泡菜了。

手心里握过的温暖的豆腐,用筛子研磨过的味噌汤,果然细致了很多。米安说:“你要学会做饭,即使只是一道汤。吃得好了,整个生活就会好了。”但我都是要隔了好多年才知道,味噌汤和味噌汤都会有很大的不同。搬到香港以后,到处都是日料店,可是没有一家店的味噌汤,能够做得出来米安的味道。

爱喝酒

我喝了酒会笑。

所以我不大喝酒。这个世界，一点儿也不好笑。

我倒是羡慕那些喝醉了就睡着的人，我也羡慕喝大了就可以打人的人。我太想打人了，要是能够借一口酒。可是我喝不醉。要想笑一次，也太难了。

周围都是跟你绕来绕去的人，绕到天亮你都不知道他到底想说什么。酒桌上才直接，我干了，你随意。酒桌上的话拿到生活里说多好。可惜只能是酒桌上的话。

我从不把酒敬来敬去，又不是结婚，又不是毕业礼，我又没有出新书，所以我往往没有这个机会，我干了，你随意。听得倒挺多，笑到昏过去。

凯丽的新书出版，出版社为她安排了巴士广告，四个姑娘带了一支香槟去车站庆祝，大家都穿着裙子穿着红色高跟鞋。纽约的冬天很冷呢，可大家都不觉得冷——好不容易出新书，好高兴。等了几辆巴士终于等到,有人在作者的脸旁边画了一支迪克。香槟都开了,还是水晶杯,凯丽不高兴了,姑娘们都不高兴了。有什么不高兴的,香槟又没有罪。要是我,仰着头,饮下那一杯。

我去年开了一支气泡酒，我说我能够出我的小说集我才开香槟,我是一个写小说的,我知道我是写小说的,我出不了我的小说集。可惜我美国的女朋友都留在了美国,我在香港只有七年,七年建立不了一场友谊。跟我同时回到香港生活的姑娘带来了写着字的蛋糕,我们喝了气泡酒,吃了蛋糕,她在卡拉 OK 唱了一首《至少还有你》送给我。

肯定有人喝酒上瘾，就像止咳水上瘾。我好像对什么都不上瘾,我只是好奇。我去云南的时候他们告诉我,二锅头配雪碧,难以置信的滋味。于是趁着十号台风天买到一壶进口二锅头,配一罐雪碧,第一口的滋味,不就是二锅头?加多点雪碧,不就是雪碧?加多点二锅头,不就是二锅头?加多点雪碧,雪碧没有了,二锅头就是二锅头。

你为什么总要加点什么呢?黄酒加姜丝,黄酒还加话梅。酒品也是人品,你太花哨。夏天和小时候的一个姑娘喝酒,运河旁边,半支威士忌,不加冰。姑娘喝了酒,花生米一颗一颗扔到我的头上。停,我说。她继续扔,一边扔一边笑,我的头上和衣服上全是花生米,还是炸过的,酒鬼花生。停,我又说。她说:“做回一个上蹿下跳的你真是太可悲了。”我说:“你就没跳?”她就哭了,一边哭一边说:“没有人爱你。”

我终于笑了。我干了,我自嗨。你喝不喝你嗨不嗨我不知道哎,我干了这杯,转去下一桌。

凉茶

有一种说法是,凉茶太凉了,不适合女性喝。

但是吃了煎炸的东西,也就是香港人讲的热气的东西,不喝凉茶怎么办呢?所以就不吃啰,她们说。她们只要了粥和白灼西生菜,所有的点心都是蒸的。她们还会要猪脚姜,喝那里面的醋,又不是产妇,为什么要吃猪脚姜呢?我看她们也并不缺少什么。我反正要吃春卷,油炸的热气的东西,最多饮完茶再去鸿福堂买一杯凉茶。

街头一碗一碗的二十四味我是不会去喝的,黑黑浓浓的,看起来很惊悚。站在柜台前面,仰着头一气灌下,白碗放回柜台,倒像是饮了一碗烈酒,那是女汉子才干得出来的事情,我只有内心是女汉子的。

凉茶我要温热的,有时候就得站在鸿福堂的柜台外面等着她们加热,就是在夏天,我也是要热的。已经是凉茶了,更不能喝冻的,我是这么对自己说的。我的年纪也由不得我任性了。

“热的川贝雪梨没有了呢。”她们往往会这么说,“但是有一杯热的苹果雪梨要不要？还甜一点呢。”

我说：“我可以等，川贝雪梨，谢谢。”

第一次喝川贝雪梨，是在广州。那个时候的男朋友带我去跟他朋友们吃晚餐，第一次也是唯一的一次，向他们介绍我是他的女朋友。因为这一次的承认，我怎么都不忍心再说他一句坏话。

喝起来像甘蔗水，盛在高脚杯里，他说是凉茶，川贝雪梨。

第一次喝凉茶，那样的滋味，所以一直记到现在。

后来去了美国，第一个月就得了感冒，要在中国，喝水就好，在美国却变成超级病毒，痛苦到可以去死了。不想去急诊，看医生又要预约，拖了一天，第二天直接昏倒了，醒来的时候已经是黄昏，依稀听到有人敲门，挣扎着从地板上爬起来去开门。邻居贝蒂说从厨房的窗外看到我在地上，就跑过来敲门。我说我没事的，我现在上床去睡一会儿就好。她倒要哭了。她说你得吃药。我说不吃药。她跑回家拿来一盒幸福牌伤风素，逼着我吃下去。贝蒂是香港人，我们之前都不太熟。那个晚上，却成了我最幸福的一个晚上。到了早上，贝蒂又端来一盆南北杏雪梨水，真的，一盆。“煲的时间不够。”贝蒂说，“但是你快喝吧，会好起来。”那盆雪梨水，是我喝过的最好喝的凉茶，已经过去二十年了吧，我仍然记得好清楚。

后来我搬到了香港生活，总会买很多很多幸福牌伤风素，送给每一个我爱的人。真的爱是让你变好，对爱不再卑微。我觉得我已经找到真的爱了。

煲仔饭

我在纽约的时候认识了一个女孩,住在布鲁克林,比我早十年到了美国。但是因为还有在中国的十年,她还可以说很好的中文,而且她说英文的口音也比我好太多了。

我们有时候在她家的院子里烤牛排，有时候她开车去中国城买煲仔饭外卖回来。那是我第一次看到外卖还带煲的。

你要把煲还回去吗？我说。

不用了吧,她答。

那这个煲用来做什么呢？我说。

什么都可以煲的吧,她答。

实际上她从来没有用那些煲在家里煲过什么。她的丈夫和我一样,比她晚十年才到美国,可是一切都比她更美国了。

这个女孩,是我在美国认识的所有女孩中,最打动我的,我也说不上来是为什么。我们一起去餐馆,她给服务生的小费总是最多的,百分之二十五那样,那个时候她已经因为怀孕在家里休息了,没有一分钱的收入。我直接地问她为什么。“百分之二十已经很不错了，还有人给百分之十的呢。”她说：“我高中的时候打过服务生的零工啊，我们所有的收入都要依赖客人的小费。”她说这些话的时候有点不好意思，她说：“所以我现在总要给多一点，对我们来说已经不是那么要紧的几块钱，对他们来说好重要的。”

她肯定影响了我。后来我去新泽西的一间川菜馆吃饭，车都开上高速路了，才想起来小费没给，信用卡的签账，小费那一栏，没有签，恍着神地离开，也没有顾得上服务生的脸。要不要回去呢？我纠结了一下。反正下周还会再去的。我对自己说，现在再回去的话又要掉头。这么想着，还是掉了头，回去了餐馆。向服务生说明补回小费的时候他好惊讶的脸，他说他都没有注意到，但是我注意到他好像笑了一下，我再离开的时候终于也安心了。

纽约也有一间出了名的大四川，好像在第九街，去过几次，并不觉得特别好吃，他们说大四川的女服务员出国前是歌舞团的，很漂亮很漂亮，我也并不觉得她漂亮，身形依稀还有跳过舞的样子，走来走去都轻轻的，像一朵小小的花。

直到有一次吃完饭出来都走到下一条街了，看见她从餐馆里追了出来，很长的腿，跑得飞快。我们远远地看着她追上了一个刚出门的客人，叉着腰站到他的前面，很大声地说着什么，隔得远，我也看不分明，只是觉得她看起来太生气了，指手画脚的，跳过舞的手和脚，生起气来也不是那么优美了。我们中间的人就说，一定是小费给少了，才会这么追出来。“为了小费就要这么追吗？”我说，

"太难看了吧,还追到大街上。""就是为了小费才要这么追啊!"我们中间的人说。

我认识的布鲁克林的女孩生了宝宝很快又回去工作了,新泽西一间非常遥远的药品公司,光是开车上班的路,来回就是四个小时。我说你可以再休息一段时间嘛,太辛苦了呀。她说没办法啊,不上不行啊。她的眼睛很黑很大,说这些话的时候她还是会有点不好意思。她的头埋下去,我的眼泪就掉了下来。

我一个人去中国城找她买过外卖的那间煲仔饭店,很边的一条小街,很小的一间店,放不下几张桌子,很多人只是跑来买了外卖就离开,那些煲仔饭和煲一起被带走了。

我坐下来要了一个腊味煲仔饭。

上一次吃煲仔饭还是在广州,那个时候的男朋友带去的一间煲仔饭店,他说这家的煲仔饭最好吃,他经常会来吃。果然是很好吃,吃到吃不下去还要一口一口地吃。他说都吃不下了为什么还要吃?只是大口大口地吃,眼泪一颗一颗掉进煲仔饭里,一边掉,一边吃。这一次的离别,是永远。

吃完了煲仔饭,付了现金,走到街上,已经在中国城的最边,要横穿整个中国城,去搭地铁。煲仔饭店的服务员追了出来,讪讽的脸:"百分之十五?你好意思的哦?"

旁边围了一圈人,都是华人,年老的华人,年轻的华人。

"你算清楚好不好?"我说,"明明是百分之二十五还有多。"

她怔了一下,脸色就尴尬了。仍然很强硬地说:"算了算了,不跟你计较！”甩着手自己走了。

我在原地站了一下，人散得差不多了，我也继续地往前走了。这样的事情，已经不会再让我哭了。

我后来搬到了香港，离广州很近，可是很少再去，煲仔饭，更是再也没有吃过了。

姜葱鸡和素丸子

我不是素食者,但是我不会在家里做有肉的菜。生的肉或者鱼蟹,摸上去的感觉很坏。我妈妈就很会做菜,可以这么说,要是她高兴,她是可以写一本菜谱的,但是她不高兴,她做菜用的感觉和经验,这种东西很难记录下来。

就是在最糟糕的地方,比如新港,与纽约城隔了一条哈得森河的新港,如果我爸爸没有在那个星期坐 PATH 去城里买东西,我们就得在家门口随便买点什么。我爸爸还找得到中国城边上的墨西哥小店,我可找不到,我连中国城在哪儿都不是很清楚。

“那些菜又不比中国店里的差。”我爸爸总是这么说,“那个黑黑胖胖的墨西哥伙计, 每次还会用中文跟我打招呼:‘嘿, 您来啦。’”

如果我父母在美国,我都不用进厨房,我妈妈每天都做好多好吃的,我根本就意识不到我们在美国。

可是我爸妈不是一直住在美国的,我和我的朋友们,很多人都得自己照顾自己。照顾好了自己,才算是做好了结婚的准备,可以去照顾好自己的家庭。

我还住在加州的时候认识了一个北京的女孩——杨，我在已经不写作了的2002年写过一个创作谈《八月》,提到过这个女孩。

“我无法爱上我在美国的生活。我流了很多眼泪,可是用那么多的眼泪换心的平静,很值得。我曾经对我的神说,我愿意用我写作的才能换取一场真正的爱情,我身无长物,我最珍贵的,就只是写作的能力了。然后真正的爱情发生了。这也是值得的,我从来就没有后悔过。我说给杨听,她说她相信,因为她在雍和宫许过一个愿,她说‘我已经二十五岁了,请给我一个好丈夫吧’。现在她已经要做母亲了,她果真找到了一个好丈夫。我不知道她许愿的时候承诺了什么,我看见过很多还愿的人,他们给神像送去香料和油。可是神并不需要人拿什么东西去承诺吧。”

我认识杨的时候,她就已经怀孕了。她和她肚子里的宝宝一起来到美国,这样的事情对于我来说好像神话一样。

我看着她的肚子一天一天地大起来，我总觉得她会有生活上的不便，但是好像没有，除了她不能像我那样踩着单排轮来来去去。对,我那个时候是用滑轮鞋做交通工具的,那双鞋是一个礼物,我也许在别的文章里写到过。她只是穿着布面的平底鞋,专心地散她的步。

很快就到了她的预产期,可是她的丈夫要出一个差,三两天,然而不得不去。我好怕她在她丈夫出差的期间生产,那就得我们开车送她去医院,听起来好害怕。

这么想着,就走过去看看她。她家和我家很近,走着去就好。

她正在做素丸子，肚子很大了，所以她总要一手叉着她的后腰。她穿着一条直筒裙,粉红色的,上面绣着一只小小的熊。一个小小的油锅,火也开得小小的,丸子放进去炸,还是滋滋地浮上油面。

素丸子是什么啊？我是这么问的。

就是胡萝卜啊,加上面粉,滚成丸子。她是这么答的。

我的朋友们都是这么对待我的，因为我好像是出了名的什么都不会做。如果开派对，每个人都得出一个十人份的菜的那种派对,我就会把从Costco买的冷冻鸡翅烤一烤,而且每次都是Buffalo口味的。

我有一天去看一个朋友,她正在择青菜,我就帮了一把手,然后我发现她把我已经扔掉的菜叶又捡了回去。

“黄了哎。”我说,“怎么还捡回去？”

“有点点黄的菜叶也是可以吃的。”她有点点生气地说,“你还是站旁边一下好了,我自己搞定。”

然后我看着她开始炒青菜,可是她在油里先放了一点姜。

我就说,你炒青菜为什么要放姜呢。

她说——好吧她什么都没有说就开始炒她的青菜。那些姜果然混在青菜叶里,都看不见了。

我看了好半天杨炸素丸子,炸好的丸子放在一个大圆碗里,看起来真是太好吃了,杨就请我吃了一颗,果真是太好吃了。

回家以后，我翻了翻冰箱，除了半袋冷冻鸡翅，还有一只小小的真空包装的生鲜鸡。我不买肉的，这些都是我爸爸妈妈回中国前买的，Costco 的分量，鸡翅都是两磅装的，鸡都是三个一包的。

我妈妈做这种鸡都是用水煮，对，水煮，也许水里会放一些姜和酒什么的，我不知道，我只知道鸡只是在滚水里待了一会儿就会被捞上来，切成块，似乎还看得到血丝。我说好恶心，反正我不吃。我妈妈说白切鸡就是这样的，鸡肯定是熟了的，血也不是血，我说反正我不吃。

我知道这是一种海南鸡的做法，我年轻的时候去海南开一个什么会，和一个著名的食评家坐在一桌，我发现他夹什么，别人就跟着他夹什么。可是他几乎不吃什么，但有一碗鸡饭，他吃得兴致勃勃。我远远地看着，那不过是一碗颜色有点暗的白米饭，真不知道有什么好吃的。我还是尝了一口，海南鸡饭，反正每人都有一碗，反正他们也都不吃。我才发现，果真是太好吃了，看起来什么都没有的饭，其实什么都有。后来有一个人说我的小说也是这样的，看起来什么都没说，实际上什么都说了。我觉得他是不是把我当作了他的海南鸡饭。搭配海南鸡的有三种酱料，三种颜色，但是没有一种是我喜欢的。我妈妈做白切鸡的作料是用蒜蓉和葱碎，一点点盐，浇上热油，就好了。

这么想着，我就用这只鸡，做了一只我妈妈版本的白切鸡，然后又做了我妈妈版本的酱料。

趁着锅还热着，我就套上烤箱手套，端着锅出了门。

出了门,穿过草地,还跟一个路过的同学打了个招呼,就到了杨的家门口。

杨开了门,很惊讶。

我说我做的白切鸡哦。一定要在冰箱放凉了再切块吃,而且吃的时候一定要蘸我做的作料。

鸡汁冻还可以用来煮饭,我又补了一句。

杨说谢谢啊,谢谢。

我说你要生了吗?

她说还没有动静。

我说如果有动静一定要打电话给我,半夜三更都要打。

她说好的,她说她先生明天就回来了。

要不是端着锅,我就要给她一个拥抱了。我说了一句:你好好的。

晚上她没有打来电话,然后她丈夫就出差回来了,然后隔了几天她就生了宝宝了, 然后我们都去看了她, 她的宝宝真是太可爱了。然后,她把宝宝送回了国,读完了硕士,不到两年,而且是在斯坦福,我可以肯定,这是绝无仅有的。

然后她丈夫也念完了博士,他们就搬走了。她找到了工作,把宝宝接回身边,买了大房子。这是她在电话里告诉我的。我说祝贺你呀,你太强大了。

她说她送宝宝回国的时候还是哭了三天三夜的。我说别哭,一切都好起来了嘛。

她说再接宝宝回来的时候，他都不认得爸爸妈妈了呢。我说都过去了，我们都会好起来。

“你知道吗？”她停了一下，说，“你做的姜葱鸡。”

我很快地在脑子里回忆了一下：“姜葱鸡？哦，我就做过那么一回。”

“那是全世界最好吃最好吃的菜。”她说，“我永远都不会忘记的。”

我捧着电话，不知道说什么好。实际上我就要回中国了，我不确定我和我美国的朋友们以后还能再见。尤其这种家搬到中部，冬天会下大雪的那些州的朋友。我也知道，他们离开的时候，我就失去了他们。

已经是我住在香港的第七年，杨在脸书上找到了我。她说她夏天来香港，我们终于可以再见。

去见她的路上，我一直在想，我带什么礼物给她呢？她好像在朋友圈说过，出国二十年都没有吃过好吃的荔枝，中国城的荔枝都像是二十年前的。这么想着，我就在大围下了车，去到街市，买了一扎荔枝。荔枝装在红色的塑胶袋里，拎在手里，看起来真不是特别体面的礼物。

港铁到旺角东，我看见一个光头男人手里也拎着一只装了荔枝的红色塑胶袋，跟我一起出了站，而且他的头上还顶了一本书。我说的都是真的。一个光头的男人，手里拎着荔枝，头上顶着一本书，而且那本书还没有掉下来。

我和杨见了面居然没有拥抱,可能是酒店大堂的人太多,也可能是我们一直都很羞涩。两个中年妇女,隔着十厘米,只是面对着面微笑。

我知道杨又会提那只葱姜鸡,我就先说了:你做的素丸子,真好吃啊。

她笑着说,只是普通的素丸子啦。

我说可是我后来再也没有吃到过。

她说香港不是全世界的美食天堂嘛。

我说是啊香港是美食天堂,可是没有素丸子啊,你做的素丸子。

她就哈哈大笑起来。

杨回美国后跟我说,荔枝太好吃了,她都没等到回美国就把它们都吃光了。

"可是你做的葱姜鸡仍然是我吃过的全世界最好吃的食物。"她说,"绝无仅有的,永远的。"

我想起来我2002年的那个创作谈,最后一句是这样的:"我又会开始写的,因为神从来就不会夺走什么。神给了我写作的才能,也给了我爱的拉面。"

土豆沙拉

土豆有好多种,但是我只知道两种。一种是中国土豆,用来做炒土豆丝,那个丝特别细特别长,怎么切出来的,我不知道,反正我切不出来。一种是美国土豆,用来做土豆沙拉。

中国土豆的质地是硬的,所以做成菜还是脆的;美国土豆一入滚水就会软掉,软成土豆泥。我妈妈手写的菜谱会用到蛋黄酱和苹果粒,但我只往土豆泥里放牛奶和起司,一点点盐和胡椒,做成我自己版本的土豆沙拉。

我在香港没有做过土豆沙拉,有一天在惠康的网站上看到有卖美国焗薯,就买了一袋,焗,就是香港人的烤的意思。我妈妈也会烤土豆,用的一种小小的土豆,只加橄榄油和椒盐,叫作烤扁土豆。我后来查了一下,真正的烤扁土豆是用蒸的,再敲扁了油拌,或者加水煮,捞出来敲扁,油煎。总之是要敲扁,完全不关烤的事,那为什么要叫烤扁土豆呢?或者这个烤其实是敲的意思,我的家乡话,烤和敲的发音是一样的。但我妈妈真的会用小小的烤炉来烤小小的土豆,油和盐,最多一把葱花。怎么那么好吃呢?

一个星期以后,我收到订货,一袋真正的美国土豆,深褐色,巨大。我马上想起来了我在美国的生活,我与土豆打过的交道。那些回忆并不是那么美好的。

我马上做了一下土豆沙拉,浓郁,雪白,像一座真正的雪山,木勺子插在上面都不会倒下来。

我想起来住加州的时候认识一个韩国姐姐, 她上的旧金山一所厨艺学校,学费贵到死。她还不会开车,去旧金山一个小时,都是她先生载她过去。

乐趣啊。她说,就是有趣。

我们那个时候是什么样的?我们都在读计算机啊读统计啊,我们要拿学位啊,我们要找工作啊,我们要在美国活下去,我们经常会觉得我们的日子一点乐趣都没有。

我那个时候还有一个语言拍档,刚刚到美国的时候,国际学生中心派给我的。南美裔的老太太,住在帕拉阿图城的大房子里。我没有车,每次都是她来学校找我,开着一辆亮黑的车。我不认得车,我一直不认得车,后来我住到新泽西,楼下的印度邻居开一辆林肯车,开了三十年,比我的年纪还大,我就只认得林肯车。我不认得车,但是知道那是一辆很贵的车;我也不认得房子,但是知道那是一个很贵的房子。我不说什么。我坐在她的摆满了很贵的东西的很贵的房子里,我只是坐着,我什么都不想说,我也不想跟学校说,我并不需要这么一个拍档,我自己也可以适应美国。有一天她带我逛了星期天的市集，她总是精心安排每一次见面，有时候带我去玫瑰园，有时候带我去她画中国画的地方画画，有时候她得因为什么事情取消会面，但她会补回我，请我去城里唯一的一间中国茶楼饮茶，她真的以为我很想家很想家。可是我并不是那么想家，我想的全是我的将来，我怎么办。那天她带我逛市集，全是卖手工制品的小摊，还有一支爵士乐队，他们都很老了，但是很努力地表演，每个人都为他们鼓掌，我也只好鼓掌，但我知道我的心太冷淡了。她坚持买了一张他们的 CD 送给我，她当然是要支持他们，也是要支持我。我一直都不快乐，已经是在美国的第二年，我每一天都不快乐。人群散去，我忍不住地说，我羡慕你。她停在街中心，看了我一眼，很深很深的一眼。我马上就后悔了。我一直都是什么都不说的。我在中国的生活告诉我，什么都不说是最好的。

你的未来会很好的，她说。

才不会。我嘟哝了一句。

会的。她说，一定会的。

我刚刚到美国的时候一无所有。她说，真正的一无所有。

我看着她，她从来没有说过她的过去。

我是从洪都拉斯来的。她说，你知道那个地方吗？

我摇头。

她笑了一笑，说，我从洪都拉斯来到美国。我什么都没有，可是我年轻啊，我努力工作，抚养我的小孩长大。还有我的丈夫，他到现在还在工作，你是不是从来没有见过他？他一直在工作啊，经常还要加班。

我说可是你们已经不需要工作了啊。

她说是啊,可是工作已经是他的习惯。他努力工作,给我更好的生活。我不用工作了,但我还是想做点什么,我就去了你们学校登记做志愿者,帮助别人。

她从来没有给我说过这些,她后来也没有再讲过这些事。

但我一直记得她说的,你的未来会很好的。

我后来搬到了香港,有了一间小小的房子,两个可爱的小孩,他们慢慢地长大。我也觉得我的未来很好。

我认识的那个韩国姐姐,厨艺学校毕业的那天请我们试她的菜,我只记得一道土豆沙拉,很好吃很好吃。问她怎么做的?她讲成功的土豆沙拉木勺插在上面都是不会倒的。

炸鱼薯条

第一次点炸鱼薯条，好像是在洛杉矶的迪士尼乐园。二十多岁，还很喜欢迪士尼。

花花绿绿的菜单，炸鱼薯条最是稳妥。好像中餐馆的左公鸡，炸鱼薯条用来考验美国馆子也是有效的，虽然炸鱼薯条其实是一道英国菜，而英国的菜是著了名的不算菜的。

鱼块往往是冷冻的，调味和油的温度就会变得很重要，配鱼的薯条可能更重要，这个菜的名字就是炸鱼和薯条。

不是那种薯条，Chips，有时候也是薯片的意思。如果在墨西哥餐厅，就是一道重要的菜，玉米片蘸酱，每一家的蘸酱都不同，有的会用很多很多牛油果、一点点起司，有的用很新鲜很新鲜的番茄，手工制作的酱，从酱里都吃得出深情。

炸鱼薯条的薯条，粗细都是一致的，薯条落入油里的时间，多一秒或者少一秒，在我看来绝对是美国菜的基本功，好像中国菜的基本功其实只是一碗白米饭。好米好水，煮饭时候的心，我见过太多菜很好吃可是只端得上来一碗冷饭的中国馆子了。家里的饭为什么那么好吃呢？米饭是滚热的呀，像煮饭的人的心。有时候是妈妈，有时候是太太，一碗白米饭，也煮得出深情。

二十多岁，还很喜欢迪士尼。

洛杉矶迪士尼乐园的炸鱼薯条，大得过分。吃都吃不下了还是又要了一份甜品，菜单上面它叫作火山爆发，闪闪发光，美得耀眼。服务生蹦蹦跳跳地端来了它，巨大的巧克力流心蛋糕还有冰激凌。我说火山在哪里？菜单画的它还会发光。她说以前是有的，现在没有了。她说这可是法律规定的，不能再在食物上放烟花。她说如果你早点来的话，兴许还能见到它闪闪亮的样子。她说总之，它不再亮了。她蹦蹦跳跳地离开。

街上的小女孩都打扮成了米妮，大一点的女孩扮成公主。睡公主、白雪公主，只要是公主，我已经过了扮公主的年龄，我第一次去迪士尼，已经二十多岁了。

迪士尼是什么样的，迪士尼的洗手间都是写着公主和王子。迪士尼还有烟花，绿色精灵和似锦繁花。烟花当然会让人哭，所有稍纵即逝的美好都让人哭。

香港的迪士尼乐园太小了，香港迪士尼乐园的炸鱼薯条也太让人哭了。可是每一次去，还是会买炸鱼薯条，忍着咸吃下去。

直到看到邻桌，一份炸鱼薯条，配一碗白米饭，只发生在香港的迪士尼。

我想起来我写过的关于迪士尼的话，如果我在童年的时候就来到了迪士尼乐园,我一定会相信我是一个公主,我本来就是一个公主,可是我第一次去迪士尼就已经很大了,我不再相信童话,可是烟花盛开,仰望星空,我为什么要泪流满面呢?

更大了的我,坐在香港迪士尼,撑到最后一只烟花放完,没有人哭也没有人笑,人们冷静地离开,还有儿童,都不曾鼓一下掌。我竟然想起了炸鱼薯条配白米饭,我就大笑了起来。

拉面

我很爱吃拉面,兰州拉面。我开始写作其实就是写拉面,文章肯定改了一百遍,手写的方格纸,但是题目一直没有更改过,《一碗拉面》。学校门口开了一家兰州拉面店,中三的“我”下了晚自习去吃,可能是第一次吃吧,真的太好吃了。然后同学们都升入了高中,只有“我”去了一间专修学校。专修学校很糟糕,“我”的每一天也很糟糕。有一天“我”回去旧校吃拉面,一切已经面目全非,坐在角落,以前的同班同学也进来了拉面店,他们说说笑笑,竟然不认得“我”了。“我”吃着拉面,流着眼泪,都没有人注意到。这篇文章的手稿当然是找不到了,十三四岁的时候,我就是写了这么一篇文章,一直记到现在。

我后来还是很爱吃拉面, 听说隔壁州的中国城开了一家兰州拉面店,做的拉面很像真的兰州拉面,就开了两个小时的车过去找那家店。当然是没有找到,再开两个小时的车回来,但我都不会后悔。如果再让我选择一次,我还是会去。

后来我搬到了香港,香港有全世界的好吃的,可是没有兰州拉面,我就坐火车去到口岸,过海关,到了深圳,吃一碗街边小店的兰州拉面。比起住美国的时候,真是好太多了。

如果我回我江南的家乡——我很少回家,只要回家,我就会去吃报社楼下一家拉面店的拉面。我有个朋友在报社工作,我总是说要去找她一起吃拉面,她总是笑着说算了吧她才不要吃拉面。后来她出车祸过世了,那一天我坐在去往西贡地质公园的一条船上,阴沉的天,波涛汹涌,我没哭,可是我回去家乡坐在拉面店,对着一碗拉面,我痛哭起来。算起来,她离开我们,也有十年了。

夏天的时候,我去日本四国看我童年时候的好朋友,我跟她也有十年没有见了。我就是坐在她的客厅整天看着她,哪儿也不去,我都挺开心的。她家门口有一间拉面店,只有一间拉面店,再也没有别的店了。我们就去吃拉面,简直是全世界最好吃的拉面。我吃了一碗还想要第二碗,她笑着说不要了吧,我的分一半给你。我说你怎么都不吃的?我要是住在这儿,天天来吃都不会烦。她说我不想吃东西啊,要不是你来,我什么都不吃。我的好朋友很瘦,小学时候她就很瘦,可是这一次,我觉得她有点太瘦了。我也不想吃了,再好吃的拉面,她不吃,我也不要吃了。

我们在香川机场告别的时候我想说"撒由那拉",我住了一个月,还是一句日语都没有学会,她说不要说这个词,这个再见太严重了,我们以后还会再见。我们拥抱了一下,我摸得到她背上的骨头,一根一根,我又要哭了。

回到香港以后接到她的电话，她说她看了医生，是癌，所以她吃不下东西。但是已经做了手术，会好起来。"不要告诉我的父母啊。"她说，"也不要告诉你的父母。"我说好。可是我想的全是如果她死了我也只好去死了。

我们都会好起来的，她又说。

我们都会好起来的，我说。

我看了一个很老的日本的纪录片《拉面的神》，我以为会跟《寿司的神》一样，讲一个神级的大师怎么做出了神级的食物，可是不是的，《拉面的神》拍了一个人，胖胖的老爷爷，雪白的头发，用他的魔术手，做出了最好吃的拉面。每个客人都可以吃得饱饱地离开。

"同学们都说我们很像啊，我们就结了婚，开了这家面店，一起做拉面，直到她患病离开。"胖胖的老爷爷是这么说的，"家乡？我只在新婚后和妻子一起回去过一次，后来我再也没有回去过。"

米粉饼

她一直不怎么爱吃面食,她的母亲说她小学放学回家,必定要说上个三遍:饭,饭,饭。小时候的她,只吃米饭,不吃一口面条的。

她的母亲爱吃面,最爱笃烂面,跟她的外婆一样。可是煮得糊烂的面,怎么会好吃?她的母亲总是另外给她做炒菜和米饭,至于笃烂面,只有她母亲一个人吃。

早饭有时候是泡饭和韭菜饼,用的面粉,她也不吃。她的母亲就用了米粉、葱花和盐,煎成饼,她吃。米粉饼,肯定是她母亲的原创。那些米粉原不是用来煎饼的,她的母亲用米粉来做元宵,自己洗的赤豆做馅,自己酿的甜酒酿,她母亲亲手做的酒酿元宵,也是独一无二的。

煎得两面金黄,专属她的,一块米粉饼。也只有母亲,会为了最爱的女儿,专门煎一块饼。可是被父母当作公主宠爱的年华,也不过短短的几年吧。

公主长大,结了婚,生了小孩,丈夫和孩子放在了最前面,再也没有给自己做过一块米粉饼。多简单的饼,水磨糯米粉,少少盐,加水调成糊,平底锅里煎。

宁愿站着,把一粒一粒圆糯米塞入藕孔,做一道糯米糖藕。圆糯米先要浸过一夜,藕要选最圆最直的,切去一边,一个孔一个孔一粒一粒地塞入糯米,要塞好久啊,有时候会觉得怎么塞都塞不到它满。直到塞到实在塞不进去一粒米了,放入蒸锅蒸熟,再用水煮,加绵白糖、红糖和冰糖,直到糖水变得黏稠,糯米藕变红,捞出切成片,熟烫的藕,手指通红。为了让每一片都被糖水浸透,放入冰箱冰镇,吃的时候再加糖桂花。

这么做了很久的菜,丈夫一口气吃完,习惯地说,怎么有这样懒的太太的,什么都不做,只做一道菜。

孩子也爱吃糯米做的食物,她会做糯米烧卖,她的母亲教的。浸过夜的圆糯米,薄薄一层平铺在蒸布上面,小火蒸熟,粒粒分明,放入油和酱油,拌得均匀,捏成像花朵一样的烧卖,再放入蒸锅蒸。这个小笼烧卖是给儿子的,儿子不吃葱姜。另做一种糯米馅,给很爱葱的女儿,葱花,很多很多葱花,都快要多过糯米,做出来的葱花烧卖,女儿可以吃三个。

什么都不做的很懒的母亲,只做一道菜的母亲,看着孩子开心地吃那一笼烧卖,心里都很开心啊,真的比自己吃还要开心呢。她自己吃泡饭,滚开水放入隔夜的冷饭,做成一碗泡饭,配一碟玫瑰腐乳。就够了。

这个时候,做了母亲的女儿,终于理解了自己的母亲。

鱼片干

买了一包鱼片干,父亲最爱吃的。父亲说吃不动了,你吃吧。这才知道父亲的牙已经不好了。

可是我从来不吃鱼,鱼片干只好一直放在那里。扁平鱼干,真的好大一包。

小学的时候学校旅行去了镇江,金山寺买了一个纪念章,又看到有卖鱼片干的,一包一包挂在半空,想着给父亲买一袋,这才发现钱包丢了,里面还装了一个学期的零用钱,加上父母给的外出旅行的钱。同学们坐在一起午餐的时候,我走去一个石台阶,坐在那里,只是心里难过,哭不出来。隔壁班的一个同学走过来问我怎么了,我说钱包丢了。他说那我借你钱买午饭,总要吃饭吧。我说不要了,吃不下,就让我一个人坐着好了。他就走了。那个同学,名字和长相全部忘掉了,却记得这段对话,也记得那个时间,我有多沮丧。

我真的是连早餐吃了什么都会忘掉,可是童年的事情,记得很清楚,应该是年纪大了吧。

小学的时候,物资都不是那么丰富的,一盒小虎队磁带听了一个学期，学校门口煤球店旁边的点心店，一碗小馄饨还要半两粮票。

可是每个周末,父亲总能买到一只烧鸡。那可是全世界最好吃的烧鸡,有多好吃呢?我会去想如果一只鸡有八条腿多好。鸡腿其实是专属我的,一整只烧鸡最好吃的部分。后来长到青春期,减肥成了头等重要的事，白水煮鸡胸吃了好久，甚至一天只吃一个苹果,肥没有减掉,胃伤了不少。那些快要崩溃的瞬间,想的全是童年时候的鸡腿。

父亲到底在哪儿买到的烧鸡呢?一度是个神秘的问题。后来他终于带我去过一次,桥下面的一个粮贸公司,入口隐秘,暗处一个窗口,递了钱,里面就传出一只油纸包住的烧鸡,对话都没有。

这个秘密,父亲有没有告诉过别人,我不知道,只知道后来很多人都知道那个地方了,很多人都会去那里买烧鸡了,大概是大家都越来越富裕了吧。甚至到了最后,真的开出一个只卖烧鸡的门店来。可是我们家不再去那里买烧鸡了,我们都觉得,烧鸡越来越不好吃了。也可能是到了后来,吃的东西越来越多了。

父亲吃不动了一直放着的鱼片干，有一天我还是拆出来试了一下,中年人的牙吃起来都好费劲。我小的时候父亲最爱吃的鱼片干,如今父亲和我都吃不动了。说起来真是伤感啊。

牙

回家过新年的前三天,我的牙突然坏了。非常突然,早上还好好的,到了中午吃饭,已经痛到碰都不能碰了。一口都没吃的盒饭扔进垃圾桶,开始约牙医,最快要三天以后,也就是我搭飞机回家乡的那一天,约第二个牙医,直接跟我讲明年见,医生休了假。

我回家乡的意义,一是看父母,二是吃好吃的,我也想不出来第三个意义。

一年一次的盼望,竟然毁在一颗牙里?这么想着,请了假,直接过海关,去深圳。口岸就有诊所,入门就看得到医生。

我在这间诊所见过两位女医生,第一个生了孩子以后就再也没有出现过,第二个说是也去生孩子了,会不会回来没有人知道。现在是第三个,好像还很年轻,因为她问我,你觉得你是哪颗牙疼呢?我说不知道,一排都疼。她就又问了一遍,哪一颗呢?我就又说了一遍我不知道。她只好把每颗牙都敲了一下,真的是,每颗牙都疼。

要不洗个牙吧,我提议说。

好吧。牙医答,洗牙。

洗完牙,我说,要不把门牙中间的那个洞补了吧。

好吧。牙医答,补牙。

补完牙,我说,要不拍个片子看看吧。

我就跟着护士去拍片了。

片子看了半天,所有的根管都做得完美,牙冠的形状都像坚固的云。

白金的。我跟牙医说,比黄金还贵。

她说她知道。

那么为什么疼呢?都没有了神经的牙。

片子上也看不出来,牙医说。

牙根裂了吧?我说。

可能。牙医说,发炎。

要消炎吗?

要。

我们就把那颗牙冲洗了一下。牙更疼了。

这颗牙没用了,我黯然地说。

是。牙医说,拔掉。

种一颗两万?我说。

是。牙医说,炎症下去了就来拔,拔了就种。

交完诊费过关回香港,天都黑了。我想的是一颗牙两万,那我老不到牙掉光就破产了。所以我的计划是拔了就空在那儿算了,兴许脸还能小三圈呢。

第二天早上,半边脸都肿了,肯定是消炎消得太厉害了。

所以我是一路捂着脸回我的家乡的。那天还是冬至,我家乡的习俗是吃胡葱炖豆腐,到家快晚上十点了,一锅妈妈做的胡葱豆腐热气腾腾地等在桌上。豆腐是软的,仍然吃出了眼泪。牙太疼了。

接下来的一个星期,每次吃饭都真的哭出来,什么都想吃,什么都吃不了啊。

半夜都想喊一句:我要吃呀,妈妈!

米饭饼、虾饼、椒盐麻糕、粢饭糕、绿豆糕、荠菜大馄饨、韭黄春卷、红汤百叶、豆渣饼塞肉,兴隆素菜馆的素面,楼外楼的汤团,炒一碟乌塌菜多放油。

二十年前住在美国的时候,三五年回一次家乡,以后的日子还长,十年前搬去香港,似乎有了回家的便利,现实却是忙东忙西各种胡乱忙。父母后来住进了养老院,我想着更要常回家看望,想着想着,等待加等待,年纪大起来,直到坏了牙。

我的母亲也是早早坏了牙,不停地看牙医,补了又拔,直到所有的牙都变作假牙。我父亲的牙倒是一直都很好,七十多岁的时候还能嚼蟹黄蚕豆。我要是牙也随他就好了,我只有长相随他,我的朋友们都说可惜,你要是长得像你妈妈就好了,你就是个美女了。我只有牙像我的母亲,初中时候一洗牙就洗出了一个大洞。我很羡慕我父亲的好牙。

可是父亲住到养老院的第二天就掉了一颗牙，他还把那颗牙摆拍给我看,一张白纸上面,一颗孤零零的牙齿,我都笑哭了。

冒菜

我一直分不太清楚冒菜和麻辣烫的区别。也许只是串起来和没有串起来的区别。串起来肯定是更麻烦一点，我是这么想的，那么多土豆片啊冬瓜片啊莴苣片啊，切啊串啊串啊切啊，需要多少人工。但是麻辣烫店好像要比冒菜店多很多，我甚至在马来西亚的中国城都看到麻辣烫店，那么热的地方。

香港有没有冒菜店？我真的不太清楚，就好像有人告诉我桥底有辣蟹，可是我连桥底在哪儿都不知道。有一天在网上看到新开了小面店，在红磡，就约了人去吃。花了一个小时找到那里，要了一碗豆花面，快要吃完才知道豆花面不是小面，豆花是豆花，小面是小面。就好像如果有人觉得我家乡的银丝面跟脆鳝面是一回事，我也是要叫起来的，明明有多一份浇头嘛。我约的人是一位师奶，小孩上了学、老公上了班，才有时间一起去找小面。她倒是要的小面，看起来也就是重庆版的银丝素面。

吃完了面往地铁站走，经过一间冒菜店，我说好可惜，应该吃这家的。她说再进去吃嘛。我说这样好吗？她说有什么不好的,吃的自由还是有的。

于是我们又坐了进去，要了一碗大大的冒菜，花菜豆皮堆到满,吃到快要哭,实在太辣了,也实在太自由了。

成为一个师奶,不用打卡上班,又有钱花,是不是一种自由？肯定不是。多数男人给家用的时候表情都不是对的。一个成功男人脚下垫的,真的是一个牺牲了的女人,常识来的,多数男人却是连这常识都不懂的。钱都是我挣的！男人吼道,你又挣了什么？这个女人说不出来话,只好继续埋头擦地,衣服不能只洗一次,饭也不能只吃一餐,总有做不完的家事,孩子还要管教,又不是竹笋,自己会长成竹子的。

走出去嘛。我说,这种男人真是不能要。

去哪里？师奶反问,四五十岁再去拼职场？

搏一把。我说,出来就是自由。

怕是以后连吃的自由都没有,师奶冷冷地说。

只好埋头吃冒菜,一边吃一边流眼泪,一边流眼泪一边大叫：再来一碟钟水饺,要加辣啊！

一个人的串串

我一个人在老家吃串串的时候，我的一个同事在成都吃一个人的火锅。

我不知道他吃了多久，我只知道我的串串吃到一半，我就落荒而逃了。太孤独了。我在香港总是一个人吃饭，早饭，中饭，下午茶和晚饭，我从来没有觉得孤独，可是在我的家乡，我一个人吃串串，好孤独啊。

我其实是不用吃一个人的串串的，我也许约不到一个朋友，好吧我是约不到一个朋友。离家二十年的人一定很多，但是约不到人一起吃串串的一定只有我一个。我也可以回家，吃我妈妈做的菜，但是我好想去吃串串啊。

我就去吃串串了。

要了青瓜莲藕、腐竹豆皮，所有的素菜。好吃吗？如果没有人跟你抢着吃，真的就不是那么好吃了。也许不只是串串，所有唾手可得的东西，都让人兴味索然吧。

拍了一张一个人的串串，发在朋友圈，同事也同时发了一张一个人的火锅。

我问我的同事干吗要去成都。他说看雪啊，峨眉山。

我没有接着问他看雪为什么不去富士山，回答一定很不稳定。就好像我曾经请他为我拍一张工作照，他说他不会拍人，他只会拍猴子。

水煮鱼

我以前是不吃鱼的，我的一个朋友曾经请我在海口的一条船上吃饭,夕阳下面,他为我们要了烤鱼。那些鱼放在桌上,以一个僵硬的姿态。我没有吃,他也没有吃。

这个朋友不喜欢说话,二十年后也是这样,他请我吃饭,这次是在北京,但是他自己不吃,他仍然不怎么说话,而且他也从来不给我的朋友圈点赞,我问他为什么，他说你太漂亮了。

我不觉得他的这个句子是在回答我的问题，但我觉得好像也没有错。

我写过那条鱼的故事。《海里的鱼》。“我看见有一条鱼从水盆里蹦出来了,我猜测它是海里的鱼,因为它不停地跳来跳去,并且惊人地直立起来，在地面上摆出了水里的姿态。淡水鱼如果蹦出来,只会软塌塌地趴在那儿,等待着有人捡它起来,重新扔进水里。海里的鱼跳来跳去,服务员和厨师都忙,没有人看它,它直立了一会儿,然后死了,这些都发生在一分钟内,一条鱼的死亡,迅速极了。”

在美国生活的时候，对辣菜的热爱也是疯狂的，开车一两个小时去到大四川或者小四川，一口红油吞下肚，眼泪都出来了。一个月一次的水煮鱼，成为一整个月的念想。

我自己也做水煮鱼，用的华人超市最平价的 catfish，鱼骨少，煮起来方便，吃起来也方便，我小时候更喜欢吃带鱼而不是鲥鱼，也是因为鱼骨的缘故。搬到香港，就用龙利鱼，查了一下 catfish，原来是鲶鱼的意思，这种鱼在中国好像不是特别干净的鱼。

辣能够掩盖掉所有的味道，鱼腥气，河泥气，金属气，不干净的气。辣也是一种奇妙痛感，会叫人瞬间失忆，忘掉过往一切，只有痛，再多一口，更多痛，人有时候就是想要这一点小小的痛苦，还上了瘾，几天就得来一回。

我写《海里的鱼》时还是一个正在努力往文联调动的机关公务员，我不知道调动会不会成功，我也不敢辞职，所以我这么写："我以前认为我是一条海鱼，可以游到海里去，后来我才知道我只是一条淡水鱼，我比谁都要软弱，如果他们笼络我，我就被笼络，总之，再在水里活几天总比跳来跳去跳了一身血死了的好。我是这么想的。"

我一直以为淡水鱼比海里的鱼软弱是因为鱼骨的缘故，龙利鱼那样的鱼，一根脊骨，放入滚热辣油，按照百度百科的说法，久煮不散。可是作为淡水鱼的鲶鱼，也是一根鱼骨，斩成一段段肉售卖，好像与龙利鱼也没有什么不同，谁都没了鱼的样子。用鱼骨来区分鱼,肯定是不准确的,就好像我把人分成两种,一种是仅展示三天的,一种不是。

生煎包

早上搭巴士的时候闻到了生煎包的气味,这不是一个常态,就好像坐在我旁边的女人把脚跷到窗台上，这样的事情一年只会遇到一次。

有的事情是每天的，比如坐在我旁边的其实一直是另一个女人,浓重的香水味,我只有屏住呼吸和被熏死两个选择,我选择了用嘴呼吸。嗅觉太灵敏,在这个时刻成了负担。

有一些气味我是会永远记住的,比如生煎包的气味。

中二的时候,学校的小卖部突然开始售卖生煎包,我现在想一想,肯定是被个体承包了,但是这个个体肯定也是很有能力的,小食只做生煎包,而且做得极为地道,皮薄肉多,油滋滋。课间铃打响,生煎包也出了锅。当然是排成长队,挤成人山人海,有时候一个人要了大半锅，下一锅就要再等一节课，排后面的人都想要打死他。

要掉半锅的这位同学是我们班的,人高马大,体育委员兼任劳动委员,“老师再见”未喊完就冲出教室,校田径队的第一名,也是生煎包队列的第一名。他吃得了那么多?不是的,是班里女生们的拜托,你要两个我要两个,几乎所有的女生都拜托了他。抱着热乎乎的生煎包回到教室,女生们围住,嘻嘻哈哈,一个互帮互爱的大集体。

我也很想吃,可是我不敢拜托他,不熟,也怕被拒绝。忍得很辛苦,真的忍出口水。

有一天实在忍不住,拜托了一个女生去拜托他,他爽快地答应了。但那一天不知怎么回事,他没跑成第一名,带回生煎包的时候已经响起上课钟。来不及吃的生煎包放入抽屉,袋口扎紧气味仍然弥漫开来,整堂课都是浓郁的生煎包味道,连任课老师都忍不住说了一句:好香啊。

挨到下课,生煎包也冷得彻底,咬一口,白腻冷油,只好扔掉。

直到生煎包小卖部被撤掉,肯定是引起太多其他的问题了,我都没有再买过生煎包。拜托人这样的事情,我总是不大会。

后来我的一个朋友跟我讲她有点怪她爸妈把她培养得太强大了,丧失了被男人保护的能力。

我意识到我爸妈也是这么培养我的,什么都得自己干,什么都能干,我就不需要男人了,我不需要任何人。为什么要抱怨呢?

那个中二时候的生煎包,成了我永远的遗憾。如果我自己去买,肯定也是买得到的,我也是校队的,女生一百米短跑项目第一名。我竟然忘了这一点。

金雀餐厅

王家卫拍《花样年华》的时候四十二岁，什么才是花样年华，应该就是四十二岁吧。牛排和黄芥末，非常克制，非常克制。

——2018 年 9 月 23 日

我也有点恍惚，不知这个故事是发生在香港还是发生在上海，如果是在香港，怎么还有半夜的小馄饨摊；如果是在香港，出轨怎么要这么克制。那个时候我还不知道我以后会生活在香港。

2000 年，香港金雀餐厅，看起来很干的牛排和一朵花似的黄芥末。每一刀都艰巨，蘸了黄芥末，放入口中，都不哭的。我倒哭出来。放声大笑又放声大哭的年纪，爱一个人只要第一眼，不爱一个人也只要三秒，真的就跟一条鱼一样。

十八年以后，人到中年了。第一次也是最后一次去金雀餐厅，菜单反复看了好几遍，都没有那道很干很干的牛排。我也不吃肉，我只是看看。

一起去的人要了洋葱牛排,还有罗宋汤,很好喝的,他说,一定要点。

我为什么要来金雀餐厅喝罗宋汤呢?如果王家卫真的拍了一幕罗宋汤,整个电影都疯掉了。赌了气地要一客蛋治。在金雀餐厅,吃蛋治。

我有多喜欢王家卫电影里的吃的,《堕落天使》,李嘉欣夹着烟也夹着炒米粉或者炒面,手好抖啊,粉面都往下掉。金城武在《重庆森林》里叫了厨师沙拉,里面有薯条或者起司条哎,后来有一阵子我也在每个住酒店的夜晚要厨师沙拉,我叫的厨师沙拉都好笑死了。我也一直觉得杨采妮太没有辨识度了,一篮鸡蛋拎来拎去我都不记得她的脸,我也想像欧阳锋那么说:"你搞不懂你比你的鸡蛋更值钱吗?你卖你自己啊?"直到有一天我终于明白,《东邪西毒》里最成功的女人倒是杨采妮,总有一天,会有个男人只要了一颗鸡蛋就为你报仇,连你的驴都不要。

金雀餐厅的蛋治好吃吗?好吃啊,可是再也没有第二次。突然就下起了大雨。

如果你先感到寂寞,你就输了。

我感到寂寞。

龙华酒店

父母住在香港的时候，我们去了一次龙华酒店。我对龙华酒店的全部认识就是《书剑恩仇录》，如果是真的，就真的很传奇，在酒店里写完一部武侠小说。

那时候我父亲还健步如飞，甚至独自一人行了个道风山。道风山，我都没有上去过。再往前的十年，我们还围绕着纽约中央公园走了一圈，用了大半天。中央公园有这么大吗？真的就是这么大。

去龙华酒店也没有车，我们从沙田站走过去，沿着铁路，穿过一些村屋，走着走着都疑心是不是走错了方向，甚至怀疑龙华酒店是不是一个真实的存在。因为，真的只是一条窄巷，一个人都没有，除了我们。

大太阳下面，只凭想象力和感觉，带着父母去找一间不知到底有没有的餐厅，这样的事情，我也很久没有做过了。走过一座天桥，路旁有一段台阶高上去，两边挂满灯笼，终于松了口气。

龙华酒店。

踏上台阶,瞬间落入那个时代。我说不出来是什么,所有过去了的好时光?

但我父亲是喜欢的,台阶,台阶两边的树影,四方楼和孔雀。

我们吃了豆腐花,也吃了粥和乳鸽。我那时还未吃素,但鸽子我从来都是不吃的。幼年时有人送来一些鸽子,阳台上养了几日,其中一只被其他鸽子啄瞎了眼睛,瞎了的眼睛是肿的,鸽子痛不痛?鸽子会不会痛?我不知道,我也不想知道,但我心里是不舒服的。后来所有的鸽子都被杀了吃了,我不吃,但是想起这些事情,就有点难过。

那时我还未重新写作,以后的路,都不太明朗。但也总想着要带父母去这里,去那里,但我到底是消沉的,也并没有带他们去过更多的地方。就是吃一餐饭,我的眉头都是紧锁的。

乳鸽好吃吗?我问父亲。父亲说还好吧。

鸡粥呢?又去问母亲。母亲也说还好吧。

我就满意了。眼睛望去远处。彭浩翔在这里拍他的《买凶杀人》是因为钱不太够吧?吃饭的人不太多,就用不着清场了?我想不过来。那一阵子我总是心不在焉,想来想去,想别人的事,也想自己的事,就是跟父母在一起,我都是游离的。

父亲回到家乡后做了一个手术,术后并发症,于生死线上徘徊,后来切了气管,鼻饲,母亲每天早晨打好流质送去医院。母亲也七十多岁了,照顾父亲又要照顾自己。我在香港生活,除了时常责备自己,什么都做不了。只是做梦都会梦见全家一起吃饭,露天公园里，一张野餐桌子，父亲在我的梦里是健健康康的，笑着的。醒来告诉母亲这个梦，说，如果能够回到从前多好，一家人齐齐整整，一起吃饭。母亲说："你那时总是不开心，点了菜，你也不吃。你不开心，我们会吃得开心吗？"我才真的难过了。

我这样的人，也有很多吧，所谓事业和未来，想来想去，心事重重。看不见身边人，父母和孩子。如果能够回到从前，可是没有如果。只愿珍惜当下，多多陪伴家人，一起吃饭，就是幸福。

萨其马

每次春游秋游，我母亲都会给我带萨其马，别的同学带炒饭炒面，只有我带的是萨其马。我一点儿也不喜欢吃萨其马，太甜了，又太绵了。同学们都问我：为什么你家里就喜欢给你带萨其马？我说我不知道啊，我真的不知道。萨其马带出来又带回去，我不吃。

我后来离开家生活，再也没有买过萨其马，我也没有思念过它的味道。

父亲病重以后，我每个月回一趟老家，请半天假，直接从公司去机场，机场里买点什么带回家才好？父亲气管已经切开，插管，再也不能吃饭，也不能说话，我想起来都心碎。他总安慰我他会更努力，还叫我加油。可是父亲最爱吃的一切，我都不能再买给他了。

香港飞江苏的航班往往延误，机场里转来转去，奇华饼家买一些点心带给母亲，蛋卷似乎很好，人人都买。看到有卖萨其马，香港人叫作马仔的，桃仁马仔或黑糖马仔，也买了两包带回去。母亲见了很欣喜，说，是萨其马呢，好久没有吃到了。

我说是啊,萨其马,香港人叫马仔,说是吃了马仔赌马会赢钱,就是个意头吧。

母亲笑笑,说,萨其马你最喜欢吃了,我也喜欢吃。

我说我不喜欢啊,每次学校旅行还非要给我带,我从来都是不吃的,送同学们他们都说太甜了不要吃。

母亲说我还不舍得吃呢,原来你不喜欢吃,都不讲的。

我说我不知道啊, 我也是到现在才知道我为什么总得带萨其马出门,原来是因为您觉得萨其马最好吃啊。

母亲笑着把一块萨其马放入口中。

母亲总会以为自己最爱的也是孩子最爱的, 母亲也总会把最好的都留给孩子。

我也总是骗我的孩子:妈妈不喜欢吃,你们吃。

孩子们长大一点了,会问我一声:妈妈您真的不吃吗? 我说我真的不吃, 你们吃。孩子才安心地吃起来。我的孩子也许拿不到5A,但是会这么问一下,我是满意的。

我每次去机场,还是会买萨其马,我不爱吃,但我终于知道,这是我母亲最爱吃的。

炒素

自从我开始吃素,我妈妈就一直说,你才四十多岁啊,就要吃素了。

我总是说,我都四十多岁了,还不要开始吃素啊?

我妈妈还是很难过:你回来过年,都没有好东西做给你吃。

我说还有炒素啊,最好吃的好东西。

炒素,每年过年,我妈妈都会做的一个菜,也是我们家的传家菜,外婆传给妈妈,妈妈传给我,我没能接得住——做菜的方面,我总是不专心。

因为我吃素,不是过年,妈妈也做了炒素给我吃。

看着我吃炒素,我妈妈就给我讲起了一个我从来没有听说过的姨婆:一直没有嫁人,长年吃素,有一年过年家里做了炒素,就给她送了一碗去,寒冷冬天的傍晚,她捧住那碗炒素,非常欢喜,连连致谢。

后来呢?我问。

什么后来？我妈妈说。

那个姨婆后来怎么样了？

不知道啊，我妈妈说。

我妈妈总是这么讲故事的，也总是这么回答问题的。就好像如果我还写作到夜深，她会走过来跟我讲：不要写了，没有人看的。我马上就会去睡觉。

我听着这个从来没有嫁过人并且吃素的姨婆的故事，吞了一大口炒素，真好吃啊，炒素里的油面筋，能配三大碗米饭。

我曾经以为只有我家过年才做炒素，就好像我曾经以为只有我的痛苦才是痛苦。过去的这一年，经历父亲病危、抢救、插管、拔管、插管、气切、抢救、病危……无数崩溃的时刻，也终于看到其他人的人生，我之外的世界，所有生命的悲喜。我不再轻易地说“除了生死都是小事”，我也不会再说“我没有了世界就没有了”这种话，我再说这一句“我们都要撑住，一切都会好起来”的时候，一定是真切的。我的父亲已经封管，能够说话，也能够自己吃饭了，我很感恩，我感恩一切。

我是从我父亲第一次抢救的那一夜开始吃素的。

香菇脆鳝

家乡有一道名菜，脆鳝，也就是油爆鳝鱼，重油赤酱，搭酒的小菜，也是汤面上的浇头。还有一道响油鳝丝，宴席上总会有，我其实讨厌，黏黏糊糊，好像鳝鱼还是生的。鳝鱼我是从来不愿意吃的，还有甲鱼和蛇，总觉得是不应该吃的东西。

我母亲就用香菇来做，肥厚花菇，泡水，再挤去水分，沿着边剪成长条，调好味滚了淀粉，入锅炸。我母亲做的香菇脆鳝，我可以吃一大盘。

我小时候最讨厌香菇，闻到香菇的味道都喊恶心。有一天，突然就吃起香菇来了。所以啊，人生真的好神奇。我也曾经讨厌茶，也有一天，突然就喝起茶来了。

我的儿子小时候不会吃瓜子，又很向往瓜子的味道，中国城买的一桶酱油西瓜子，抓起一把放入口中嚼，成为我们家经常提起的笑料。有一天，我发现他竟然会嗑葵花子了，一颗，一颗，比我都要快，我又没有教过他。

我女儿还不会嗑瓜子,总是问我:哥哥为什么会吃?我说:不知道啊,将来有一天你也会的。

哪一天呢?女儿执着地问。

有一天。我答。

就是长大的那一天吧,我想。儿女们长大的那一天,也就是父母衰老的那一天。但是人生不就是这样,即使是越来越老,我都觉得是越来越奇妙。

孩子的菜

番茄炒蛋

住在美国的时候，我经常买葱，因为最便宜；很少买番茄，因为最贵。

买了很多很多葱，做什么呢？做葱油饼啊，做姜葱鸡啊。不买番茄，不仅仅是贵，也因为不会做。我家的鸡蛋都是用来炒韭菜、炒洋葱，如果炒番茄，最家常的菜，反倒不知道怎么做才好了。

直到女儿出生，三岁四岁的时候，再也不肯吃一口肉，只好为她做素菜。我只会做包菜炖豆腐啊，我只会做番茄炒鸡蛋啊，于是包菜炖豆腐，番茄炒鸡蛋，番茄炒鸡蛋，包菜炖豆腐，这么吃了十年。做妈妈做成这样，我对自己也很失望。

但是十年只做番茄炒蛋，我对这道菜逐渐有了一点心得。蛋是要先炒的，但不要炒到很老，炒番茄的时候必须加一点番茄酱，颜色就好看了。手熟到闭着眼睛都能做得出来的菜，但是确实没有什么好炫耀的。如果更专心一些,如果更爱自己的孩子,应该是做得出来一百零八道孩子爱吃的菜吧。所以我也常常质疑自己的内心。所以番茄炒鸡蛋,对我来讲,到底是一道很纠结很纠结的菜。

回家乡的时候,我妈妈的朋友跟我讲,有一次做了番茄炒蛋带来,你妈妈竟然嫌我的番茄有皮呢。我说阿姨难道您的番茄不去皮的吗?很简单啊,顶部划十字,滚水煮三十秒,捞出来轻轻一撕皮就掉了。

阿姨看着我。

我说我妈妈就是这么教我的。

再简略的生活,十年只做一道菜的生活,我的番茄也是要去皮的。

所以我也会教我的女儿, 如果将来她愿意做菜——当然也可以不做——如果做,番茄这么去皮最快。

我曾经遗憾,我妈妈能够做一整桌酒席,可是我没有从她那里学会一道拿手菜。直到有一天妈妈站在厨房里说了一句,真的做不动了。妈妈七十多岁了,做了一辈子饭,全部的付出。"孩子吃得好了妈妈就幸福了",这一句是用来绑架所有母亲的,又有多少母亲是天生爱做饭的呢?

我读过一个年轻人写的字, 抱怨她的母亲江南冬天的早晨起不了床,被窝里伸出手和钱叫她自己去买油条豆浆,于是她的整个中学的冬天早晨,都是吃的豆浆油条。这个作者已经很大了,可是仍然会说"这个世界上怎么有这样的父母的,我怎么会有我父母这样的父母的”,漫长的抱怨。

我想的是,孩子只是索取吗？孩子真的不懂感恩吗？不为你做早餐的父母,就是不爱你的父母,坏的父母吗？

我也是那种不会在寒冷冬天为孩子做早餐的母亲，我也会教我的女儿,将来她要是不想做饭就不要做饭,做饭的时间,也是可以用来做别的事情的。

包菜炖豆腐

用包菜不用白菜,只是因为包菜不用洗,剥掉外层就可以。当然包菜要不要洗一直也有争议,有说一定要洗的,也有说可以不洗的。完全没有争议的是,白菜肯定要洗,一片,一片,一片。

包菜剖开,可以看到纹路,每一棵都不同,有的很密实,有的很松散,当然是越紧密越好,切的时候声响清脆,咔嚓咔嚓,咔嚓咔嚓。

油锅里的豆腐已经翻了个面,煎得金黄,就可以落包菜了,加水,加盖,小火。回到电脑前写了几个字后回到厨房,包菜已经糊烂,菜就做好了。少少盐。

我的孩子最喜欢这道菜，说妈妈做的包菜炖豆腐是全世界最好吃的菜。为什么？因为妈妈只会做这一道菜。

红汤百叶

如果出去吃饭,一定要点两份红汤百叶,因为我女儿只吃这个菜。

我曾经以为只有我的小孩是这样的,只去固定的餐馆,只穿固定牌子的衣服。后来发现好朋友的小孩也是这样,甚至更过分,一个问题可以问一百遍,有没有答案都一样,她仍然会问一百遍。

有一天听到我的女儿跟她的朋友聊天：我妈妈讲她要去青山医院哎。

她的朋友说,我妈妈也是这么讲的哎。

我们的妈为什么都想去青山医院呢?她们还互相讨论了一下。

因为每天吼功课吼的啊,香港只有一间青山医院。

红汤百叶,其实就是酱油汤,加上横山桥百叶。营养不良快要去见心理医生的小孩,可以用百叶搭得下一整碗米饭,只要百叶,百叶旁边的豆渣饼都要挑出来。

一定要好好地吃啊

从来不吃小虾小鱼，有多好吃也不想吃；也从来不吃刀鱼、河豚，多刺又有毒，为什么要吃？这世界上好吃的东西那么多。母亲亲手做的菜，孩子煎的第一个蛋，大雪天里好朋友煮的一锅豆腐汤，生了病的夜晚，爱人做的那碗面小鱼汤。

面小鱼不是真的鱼，只是面粉调成糊，用筷子打落入沸水，一条，一条，好像小鱼。从来不做饭也不洗碗的男人，不过是因为自己童年生病时吃过的一口面小鱼汤，做这第一次的尝试。好吃吗？生了病吃什么都没有味道啊，可是还是吃出了欢喜。那么以后这个男人会做饭洗碗了吗？不会啊，可是他做了一次面小鱼。

没有一个朋友的中学女生，下雨天总望着教室的窗外发呆，因为太孤独了吧。冬日大雪的傍晚，一个同学邀请她去家里玩，还煮了一锅豆腐汤。豆腐汤好吃吗？好吃啊。这个女生为她的第一个好朋友和那锅豆腐汤写了第一首诗，诗发表了，女生走上了写作的道路。

很多年以后，女作家去日本四国探望好友，金刀比罗宫爬了一个来回，累得回到好友家就倒头大睡，醒来看到餐桌上已摆好了温热的大米粥，一小碟清炒莴苣，好吃到泪目。

“自己种的自己炒的。”好友笑着说，“一定要好好地吃啊。”

一定要好好地吃饭啊，一定要好好地生活啊。这也是我想跟我的好友、我的爱人、我的孩子和父母说的话。

砂锅鱼头

他篇

第一次去女朋友家的时候，女朋友全家带他去了一个大湖旅游，湖旁一片竹海，山林湖海里的一间小饭馆，女朋友的父亲点了整整一桌丰盛的菜。

过了很久再来问他，他只记得一个砂锅鱼头。“真好吃啊。”他说，“还想再去吃一次。”

他的太太说：“点了一桌好菜，只记得鱼头？”

他点头。

正是热恋的时候，别说是鱼头汤，白米饭都吃出甜来。

结了婚，女朋友成为太太，女朋友的父母成为岳父岳母。柴米油盐的人生，每天都过成了多一事不如少一事。银发川柳里说的，家庭和谐的秘诀，就是少说话，多出门。婚姻的真相，也是所有人生的真相。

有一天他的太太突然问他：你记忆中最好吃的菜是什么？

“砂锅鱼头。”他说,“那次去一个大湖,吃到的砂锅鱼头。”

“真好吃啊。”他说,“还想再去吃一次。”

她篇

第一次带男朋友回家给父母看,父母很高兴,全家去了天目湖旅游。父亲点了好多菜,其中一道砂锅鱼头,男朋友吃得最多。

天目湖以前叫作沙河水库,水库鱼没有泥腥气,鱼头煨汤,越煨越浓,成为一道名菜。

结了婚,男朋友成为丈夫,柴米油盐的人生,自己挑的老公,咬碎牙也要咽下去。婚姻的真相,也是所有人生的真相。

她的父亲肿瘤手术后并发症,生死一线。整整一年,ICU 出出入入,医院到护理院,护理院再到医院。原来生死的真相,才是所有人生的真相。

过年回家,她推着轮椅上的父亲出门吃饭,一年来的第一次。她的父亲经历反复插管、静脉营养、气管切开、血管手术、呼吸机、鼻饲,到后来能够封管,能够说话和吃饭,已经是一个生命的大奇迹。

点了一道砂锅鱼头,二十年以后的砂锅鱼头,锅的形状也似条鱼,大到占了半桌。

她的父亲尝了一口,说,太咸了。

她突然就想起了她的丈夫说的“真好吃啊,还想再去吃一次”。

加州没有牛肉面

一个在柏林上学的同学写信问我：加州是不是有著名的加州牛肉面馆？我答复他说我会去找一找，但是有的可能性不大。就像美国中餐馆的幸运饼干，美国有，中国却没有。我刚买了一桶幸运饼干，用来看每日运程，那些纸条上都写着名人名言，还有一些是空的，一个字都没有。

加州的名菜，我也没有吃过，不知道说什么好。渔人码头有敲螃蟹和炸虾子，装在面包碗里的奶油浓汤，不知道算不算名菜。我认为的名菜，只是中国城的广东早茶，但是要把饮茶念成“仰茶”，多少让我不自在。

除了中国菜，最好吃的亚洲菜其实是泰国菜，也许是因为他们的咖喱最温和。至于印度菜，我真的不想试第二次了。越南菜在美国似乎就是火车头牛肉粉，薄片肉加豆芽加绿酸橙加滚汤，像过桥米线，想用它治我的发烧，可是没有成功。

我没有去过中东餐馆，他们说摩洛哥餐馆的重点在肚皮舞而不在菜,幸好我有一个阿拉伯朋友,她让我品尝到了家庭式的阿拉伯菜，肉和蔬菜和奶油和通心粉全部放在一起烤，令人震撼的味道。奶油通心粉肯定不是阿拉伯菜的全部,可是我的这位朋友好像只吃这些,就好像我的一个印度邻居只吃豆子一样。我曾经担忧她的健康,实际上她的力气比我大多了。

法国菜没有意大利菜好吃,喜欢小饭馆,穿球鞋也能走进去的小饭馆。帕拉阿图城的Pasta,墙上画着地图,粗块面包放在大筐里。用布包面包的是纳帕的意大利餐馆,他们暗香浮动的洗手间,星光大道的ExIncendo,长颈瓶里冰冷的橄榄油。小饭馆也有好看的盘子,好看的刀叉,水晶杯。和我一起吃饭的人,都是我爱的人。

到美国的第一餐在中国餐馆,库比蒂诺的醉香居,如果你还不习惯不要乘以八,那里的每一盘菜就会很珍贵,付账单的是林和太太,我要记得。第二餐还是在中国餐馆,加州大街对面的鸭子阁。每一个城市都有一条加州大街，就如同每一个中国城市总有一条叫作南京路的路。我不再听《加州旅馆》了,每一条加州大街上都会有一间加州旅馆,它们不在沙漠中,而且也不是那么可爱。加州大街对面的鸭子阁,一起吃饭的小奇不吃任何两只脚的东西,一起吃饭的吕贝卡不吃任何有脸的东西,于是我们没有什么可吃的了,我们吃了很多没有脸也没有脚的蔬菜。

后来吕贝卡带我去巨蟹庄饮茶，所有的女人都把肉类扒拉出来,并且拒绝已经上桌的甜品。我就和吕贝卡一起吃光了所有的甜品。

小奇在中午吃墨西哥卷，总与玉米有关的墨西哥菜，彩色的玉米薄片，牛油果酱，西红柿酱，软的脆的玉米面饼，糊烂的米和豆子，没有脚的肉，卷起来吃，一定要用两根手指，剩余的手指用来防止另一头漏馅。

墨西哥卷像土笋冻，有人很爱，一天不吃就想得发狂，有人吃了会恶心，我一定是第二种。亚利桑那州沙漠里的塔可钟，买他家的塔可就有可能抽到电影《古墓丽影》送出的机票，为了可能的机票我要了一个牛肉馅的塔可，柔软极了的玉米皮，只一口就饱得想吐。揭开兑奖卡，我的运气就是那么好，我又中了一个塔可，还是牛肉馅的。

此后的多年，我再也没有迈进塔可钟一步，我去过赛百味吃三明治，我去过圆桌吃双倍起司披萨，我再也没有选择过墨西哥卷。所以我和小奇，到底连一起吃饭的朋友都做不成了。

我和苏在帕拉阿图的日本餐馆吃日本菜，我们的旁边是一位高中生，要一碗白米饭，倒入桌上的酱油，拌一拌，吃得高兴，我羡慕他的高兴。我和苏，坐在离回转寿司很远的远处，她吃素，而且吃得很少。她已经很瘦了，她几乎不吃什么，她说她开那么大的车是因为孩子们，还有要买的菜太多。我再也没有见过苏，她的脸我也不大记得了，我只记得她的那盒天妇罗里，有胡萝卜，有红薯，还有茄子。

我和刘齐一起喝过咖啡，刘齐在杜克大学十年，没有喝过一杯星巴克的咖啡。他说你们这些小孩真时髦。他忘了我们一起在三亚的时候,我吃了一根有蓝色花纹的起司,我问他是什么,这么奇怪。他惊讶的脸,他说这是古冈左拉呀。他忘记了,我的第一个关于起司的单词,是他教的。

美国菜,就像美国,移民的,短暂的,世界的。我找不出经典的美国菜,他们说汉堡薯条配可乐就是美国菜的代表。我觉得这样的说法对美国人不公平，你能说福建餐馆的外卖盒饭就能代表中国菜吗?尽管美国人看中国菜也就是宫保虾、甜酸牛、左公鸡、炒饭炒面、炒面炒饭。

我理解的美国菜,其实是土豆,我对土豆的情感很特殊。我经常吃的美国饭，配菜一定不是生芹菜或者白煮西兰花，我选择土豆,土豆泥,土豆条,土豆块,烤土豆,炸土豆,土豆夹起司,土豆夹鸡蛋沙拉。我是不是说过世界就是一个土豆,土豆熟了,世界也熟了。

除了土豆,我什么都不记得了。我记得节假日才吃得到的:万圣节的苹果派或者南瓜派;感恩节的火鸡,木头一样的火鸡肉配上红色浆果的酱;圣诞节的姜饼,小孩们总在睡前问玛丽阿姨要的姜汁饼干;复活节的黄色棉花糖,像春天的小鸡。

离家的美国小孩总会记得藏在后院草丛里的巧克力彩蛋,家人一起搭的姜饼屋。离家的中国小孩也不会忘记端午的粽子,重阳的糕,元宵的汤圆,夏至的荠菜馄饨。

我不知道那个去柏林上学的同学为什么要问我加州有没有牛肉面,还有加利福尼亚芳香鸡,我去过了加州的很多地方都没有看到那两间店。墨西哥人说的,塔可钟是美国人的骗局。美国人大概也可以说,加州牛肉面是骗中国人的,整个加州,只有中国餐馆才有牛肉面。

我正在看电视,电视里在卖烤箱,推销员用铁夹夹住一只鸡,和它夹在一起的还有柠檬片和罗勒叶,夹好后的鸡被放进烤箱自动翻滚,鸡开始变得金光闪闪,我望着那只翻滚的鸡,想着美国人的经典食物到底是什么,想到现在还没有想出来。

熙珍不吃蛋糕

熙珍一出现就引起了所有人的注意,因为她的口红太红,就是那种红得像鲜血一样的颜色，于是她的脸上除了那张嘴外再也没有其他了。我望着那片红离我越来越近,最后停留在我的对面。我们正在喝一模一样的水,一种难喝死了的苏打水,但它是这个烧烤会上唯一不会让人发胖的饮料,所有的亚洲女人都在喝它。后来我再也受不了了,我找到了一个垃圾桶扔那瓶水,垃圾桶里面已经堆满了被扔掉的苏打水。现在只有熙珍了,她还举着那瓶水。

当烧烤会的烟雾开始弥漫整个树林,我们远离了所有的烤炉。我们都一样,熙珍和我,我们害怕令人发胖的一切,这里的空气都会让你发胖,即使你戒掉了食物和水,你仍然在发胖,除非你不呼吸。

可是如果你去了烧烤会却不像其他人那样围绕在烤炉旁边,你就实在太做作了。我给自己的盘子装饰了一些蓬松的玉米片,它们使我的盘子看起来很满。可是熙珍连盘子都不要,她揪住了一个正在玩滑板的小孩,亲切地问:“你叫什么名字?”小孩不说话,抱着滑板飞快地跑掉了。我想也许是因为熙珍的口红太红,她吓坏他了。

后来巧克力蛋糕出现的时候,我再也不能忍受下去了。

很多时候我就是这么做作,我在卡罗家说过蛋糕是世界上最坏的东西,因为他们不由分说切给我一块最大的蛋糕,之前我已经吃了两个面包卷、一堆生菜叶子,还有一盘意大利面条,在我咽下最后一口面条的时候,那块巨大的蛋糕就出现在了我的面前,涂抹了厚厚奶油和糖霜的大蛋糕,比任何别人的都要大,是的是的,那天是我的生日,我怎么可以拒绝自己的生日蛋糕呢?然后,他们给我端来了一杯香草冰激凌,在我极为勉强地吃完了那杯冰激凌以后,他们又塞给我一杯加了奶和糖的咖啡。总之,我就是从那一天开始发下重誓不再吃一口蛋糕的。

可是现在,我遇到了一个多么好看的巧克力蛋糕啊。

我就对我自己说如果熙珍吃一块我也吃一块。我问熙珍:你想要一片蛋糕吗,我很乐意为你去取一片来。熙珍坚决地摇头,不,不要,我决不要甜食。

我尽量使自己看起来不那么沮丧,我们开始说点别的什么,直到我确信她已经彻底忘了蛋糕,我又试图重提那块蛋糕,熙珍再一次拒绝了我。她站在我的对面,看都不看一眼桌子上的蛋糕,她看起来是那么坚强,我就再也不好意思提蛋糕了。

我开始等待她离开,我就可以自由自在地为自己取一块蛋糕。

她终于离开了,她什么都没吃,就离开了。

后来我们通过几次电话,我们都很客气,我说我的派对一定会邀请你。其实我不可能有我的派对,我乐意参加各种各样的派对,可是我厌恶组织自己的派对。而熙珍说她很想看一看我写的书,如果我愿意的话。虽然她的心里一定在说:天啊,她写的稀奇古怪的中国书。总之,我们在电话里所说的一切都是假话。

后来我又去烧烤会了,硬邦邦的牛肉饼还有黄芥末,美国人的烧烤会,一百年都没有变化。我看到了熙珍的丈夫,他正站在一堆人中间谈笑风生,他的手里是一个五颜六色的汉堡。我小心翼翼地绕过他,找到一个角落给熙珍打电话,我说这儿有个烧烤会,你来吗?熙珍在电话那头犹豫。我说熙珍你要为丈夫准备晚饭?熙珍说不用,丈夫很忙,没有时间回家吃饭。他很忙很忙,一天到晚在办公室里忙。熙珍说,他也不喜欢烧烤会那种场合,嗯,我也不去了,我要打扫房间。

我想起来,我第一次看到她的时候,她和她的丈夫开一辆闪闪发光的韩国车。旁边的人说,韩国人只买韩国的车。我捧着我的蛋糕,望着他们远去的车,心里想,多么好的巧克力蛋糕啊,我终于吃到了。

阿拉伯香料

我差不多已经忘掉那加了，最后一次见她是在8月的一个早晨，她从停车场走过来，她说她就要回沙特阿拉伯了。

那加是一个沙特阿拉伯女人，她是她丈夫唯一的妻子，三个孩子的母亲。我时常见到其中的两个，她们围着房子奔跑，笑得悄无声息。小小的女孩子们，小小的头巾和长袍，看不到头发也看不到手脚，两张小小的尖下巴的脸，像极了她们的母亲。最小的那个男孩，我只见过他一次，第二天晚上他就死了，永远留在了美国。

我差不多已经忘掉她了，直到我收到AE的电子邮件。AE是一个喜欢林志颖的泰国女生，AE爱她的国王，AE说她在机场找到了工作。我却突然想起那加来了。AE和那加，根本就是两个不相干的人，可是我突然想起那加来了。大概是因为她们都是我在加州认识的人。

那个失去了的男孩，对我来说至今都是个谜。那一天，实在是最普通不过的一天。我打电话给那加，因为伊娃写了一张卡片要我转交她,是的,是那个痛恨电子邮件的伊娃,她写了一张卡片。他们都认为我和那加是很好的朋友,因为我们住得最近,因为我们有相同的饮食习惯,因为我们时常见面,我们说很多话,甚至一些私密的话,比如肚皮舞,比如阿拉伯男人的四个妻子,她还把她常去的伊朗店的地址告诉我。可是我和那加,我们并没有他们认为的那么亲密,我们并不亲密。

我问那加什么时间送去卡片合适。那加说现在,现在很合适。

于是我穿着拖鞋按响了那加家的门铃,这是我的第一次拜访。尽管那加来过我家很多次, 教我做中东风味的烤鸡或者送给我她从故乡带来的香料,可是我从没有去过她家,这是第一次也会是最后一次,我将要在一个星期以后回中国。我看到了没有包头巾也没有穿长袍的那加。她完全变成了另外的一个人,她的头发是卷曲的黑色的,她的小臂其实很粗壮。我有点不自然,我很快就把眼睛移开去看别处了,地毯,灯,或者敞开的橱柜,那里面装着各种各样黄黄绿绿的香料,奇怪的沙漠里的气味。我大概是唯一看到她裸露的外国人。那加的许可,让我突然变成了与她关系亲密的那一个。

我看到了一个在地板上爬来爬去的男孩, 那加说那是她最小的儿子, 他有点发烧。那加没有解释他为什么不会走路也不会说话。可是那个小男孩,他有那加的眼睛,他看着我,爬到了我的脚旁,摸了摸我的脚后跟。

这个孩子死得太突然,没有人知道原因。

几天后,我看到那加从停车场走过来,我站在她的面前,我想要安慰她,她的眼睛里却没有眼泪。她说,这是好的事情,对他来说,这是好的事情。她说她就要回沙特阿拉伯了。

我再到美国的时候,那加已经不住在那儿了,就像她告诉过我的,她回沙特阿拉伯了,也许就不会再来了。我写过电子邮件给她,可是她没有像以前那样迅速地回复。

没有中国女人和阿拉伯女人会像我和那加这样来往。中国人有中国人的圈子,阿拉伯人当然也有阿拉伯人自己的圈子,很多人天天见面却不说话。

那加只留给我那包香料,来自遥远沙特阿拉伯的礼物。

我用她教我的方法,香料加盐抹鸡身,然后放入烤箱。我还记得我和她的第一次对话,她问我喜欢什么气味。我说油的气味。她很大声地笑,她说我们沙特阿拉伯遍地都是油。

遍地是油后来变成了那加的口头禅,她总时时提起,还有她每年都去的麦加,每年。那加其实非常的固执,她常与人争论,不过是些沙特阿拉伯的咖啡才是世界第一,枣在沙特阿拉伯只有贵族才吃得起的话。她只是不停地说不停地说,很多时候她根本不知道自己在说什么。

一直很照顾我的贝蒂因此讨厌那加,贝蒂教会了我用广东话说香片和虾饺,贝蒂煮南北杏冰糖雪梨水给我治咳嗽。贝蒂像我的阿姨,可是贝蒂讨厌那加。那加失去了她唯一的儿子以后,我与贝蒂提起,贝蒂说,母亲抚养天生残障又没有意识的孩子长大,多一年就多一年痛苦,孩子的死,对孩子对母亲都是解脱。

可是,难以置信的是她承受痛苦的能力。几乎没有人知道那个坐在轮椅上的残疾的孩子,他只是那加的孩子们中的一个,那加几乎不提起他, 她总是用孩子们来称呼她所有的孩子, 男孩或者女孩,都是她的孩子们。如果不是那些传闻,如果不是我亲眼所见,那加就是一个普通女人,一个妻子,一个母亲,就像我们身边的每一个女人。她一直都是笑的,很大声的笑,她比任何人都热情,她爱一切美的东西,花还有漂亮的丝巾。她精力旺盛又健谈,她看起来是那么顽强。那么多年,她一直都顽强。

我终于找到了那间伊朗店,其实它就在那条街的尽头,另一端就是小中国城,偶尔我也坐一站火车去那条街吃中国菜。

那是间很小很小的店,卖不新鲜但是昂贵的水果和蔬菜,还有最安全的牛肉和羊肉。店里面的气味,熟悉又令人眩晕。原来是成千上万的香料,一包一包挂满了整个货架,就像那加的橱柜。面饼后面肉摊后面的伙计都抬起头来看我, 大概是因为从没有中国人去那里, 大概是因为我是女人却没有把头包起来。我买了一圆盒糖,洁白的糖块,镶嵌了绿色的小豆子。我已经很久没有吃糖了,我不爱吃糖,对糖也没有渴望,我不知道我为什么要买一盒我不吃的糖。

我站在店的门口,天已经全黑了,他们在烤牛肉,串在细长木棍上的牛肉块慢慢地变了颜色,撒上几层香料,放进硕大的面饼,卷起来,抽出木棍,就是一顿好晚餐。我看了好一会儿,露天的大烤炉,浓烟滚滚直冲向天空,像是着了火。

已经是六年以后了。有一天早晨我收到了AE的电子邮件,我就想起了那加,然后很突然地,我就收到了那加的信,六年来唯一的一封信,一切就像是神话。她在信里说:“真是很久很久了,我仍然记得我们在美国的每一个瞬间, 那么有趣。我现在有四个孩子了,三个女孩,一个男孩。今年是我在大学的第三年,希望我能顺利完成学业。对于一个母亲同时又是一个学生的我来说, 这真的很难,但是我会完成的。”

我没有回信,我不知道我应该说什么,美国的那些瞬间,我都记不大真切了。这样的女人,到底是让终日无所事事的我羞愧的。

明尼苏达野草莓

梦到搬家去明尼苏达，非常多的雪，铺天盖地，不冷，只是很多雪。我的梦渐渐有了颜色和气味，很多时候甚至是一个有开始也有结束的长篇小说，不再像童年时候的梦，支离破碎，灰色，梦里的人没有性别也没有脸。

搬家并不奇怪，我们都在搬家，每一个人，每一年，我们总是在搬家。我再也没有在美国认识新朋友，因为他们一直在搬家，从加州的南边搬到加州的北边，再从加州的北边搬到中部，或者直接就搬到了纽约，搬着搬着他们中的一些就永远消失了，再也找不着了。

我在想我为什么会梦到明尼苏达，我从来没有去过那里。我也没有去过俄亥俄，可是我从来都不会梦到俄亥俄。

大概是因为夏伦，她在明尼苏达读大学，她说那里很冷，非常冷。她说她在去明尼苏达之前不吃草莓，她讨厌草莓，可是那个下了课的黄昏，清淡的太阳光，雪地里，她看到了一丛鲜红的野草莓，吃起来竟然很甜,刻骨铭心的滋味。她很轻地叹气,三两句就说完了的滋味。她后来结婚生子,又离婚,她来到了加州,她和她现在的丈夫终于结了婚,在他们共同生活了四年以后。他们在学院路上有一幢没有后花园的大房子,可是她的家人都在得州,她想念他们,想念极了，她说我有个愿望，如果我还可以和我的家人生活在一起,那多好啊。

她对往事的回忆,大概就是明尼苏达,雪地里的野草莓。

我的童年记忆,是走街串巷的木板车里清脆的黄金瓜,是第一间自选店里父亲买的一罐桃汁,是门前那棵梨树结的青涩小梨,是物质贫乏的年代,缝纫机旁,窗下,看得见阳光中浮游的灰尘,母亲与我分享一个橘子罐头,圆口大肚的玻璃瓶,铁皮的盖,母亲一勺,我一勺,甜甜蜜蜜的童年,十全十美的童年。

我在美国店买到了一模一样的中国橘子，它们也是美国人爱的,和细长花生米还有菠菜搅拌在一起,做一种好吃的沙拉。我买了很多中国橘子回家,大口大口地吃,大颗大颗的眼泪,橘子还是甜的,浸透了眼泪的橘子还是甜的。

大概是因为那个信神的女孩,她的黑眼睛像是盛了一湖水,她的心满意足和真实的幸福。她说起她在明尼苏达的日子,真冷啊,她只说那里冷,她说不了别的,像小说中描述的那样,那么冷,冷得不可以流泪,因为眼泪会变成冰珠子,凝固在脸蛋上,像我的小学,江南冬天的早晨，每一个孩子都有一张萝卜丝脸。她也不会像夏伦,三个句子,就说完了她的一颗草莓的回忆。她说不好她的挣扎,她的喜悦,她只是信了,就是信了,他们都是一群有福气的人。

大概是因为我在中国的一个朋友,美丽,有才华,可是不幸运。她有很多故事,我曾经想记录那些故事,可是有一天我在一条船上接到她的电话,她说忘了吧,我的那些故事,永远也不要再想起来了。我说好吧,我真是一个也想不起来了。后来她爱上一个人,那个人住在明尼苏达。说起明尼苏达这个词的时候我们坐在一间素菜馆里,她穿着淑女屋的绣花裙子,她在嘴唇上扑厚粉,再涂上口红,那红就不会掉。

我一直相信我们会在美国碰面,不是在加州就是在明尼苏达州,我们一定要尖叫,而且拥抱,我一直这样相信。我在等待她的电子邮件,她的电话,有那么一天,我的留言机会出现她柔软的声音:“我来了。”

可是她没有来。

我找过她,我们在电话里沉默,不知道说什么好。她已经去过了明尼苏达,买了一些新衣服,可是她不会再去了,那个有雪又冷的明尼苏达。

很久很久以后了,我做了一个梦,梦里我搬到明尼苏达去了,我在想我为什么要梦见明尼苏达,我又没有去过那里。

很酷的中国饺子

在邻居金太太家品尝韩国辣年糕时，我向大家承诺，做一次中国的饺子。

金太太家的聚会，日本邻居做的是河童卷，她带去了小竹帘、小黄瓜，还有很像蓝印纸的海苔。半凉米饭，一点一点拌入米酢，直到米粒晶莹剔透，闪闪发光，均匀铺上海苔，卷起一条小黄瓜，就是河童卷。日本邻居说黄瓜卷就是河童卷，因为河童的头就是黄瓜细卷的样子。

泰国邻居带去了有虾的酸辣汤，她没有带经典的咖喱是因为马来西亚邻居带去了咖喱鸡。我问马来西亚邻居咖喱中间那片绿色的叶子是什么，她说不知道。

巴西邻居最后才来，我问过她知不知道依左拉，她说依左拉是什么。她直接地说她不喜欢中国人，中国人说话太快。

我带去了白萝卜、白菜和干辣椒，我指望金太太能够做出韩国泡菜，可是金太太说她不会。金太太说她不会做泡菜不是因为她笨,而是因为泡菜实在很难做。“如果你想品尝泡菜的话,”金太太抱出了一个泡菜坛子说,“我有很多从韩国店买来的地道泡菜。”这时小黄瓜用完了,日本邻居把金太太的韩国泡菜捞了一条出来,卷在米饭里,算是泡菜寿司。

我没有带去中国的食物是因为我几乎什么都不会做。每次聚会我只做一种菜——超市腌好了的鸡翅。看仔细包装上的温度和时间,放入烤箱,定时器响了菜就好了。除了取的时候要防止烫伤,别的什么都不用担心。

在我快要离开加州的时候,我才向邻居们发出了中国饺子的邀请。

早晨,我去中国店买了饺子皮,它们的颜色很黄,我怀疑它们是玉米做的。然后我买了各种各样的青菜,因为所有的青菜都长得一样,我每一种都买了一把,也许我把芥蓝也买了,总之,各种各样的青菜,我把它们放入一口大锅中水煮,然后捞出来切碎。在我切它们的时候,阿拉伯邻居那加按响了门铃。那加认为切菜很好笑,执意要亲自尝试一下,而且这是她第一次看到中国菜刀,她惊叹它的造型。在那加切青菜的时候,我腾出手来使鸡胸脯的肉和骨头分离。

好像哪里错了,我曾经买一块牛腩切丝猛炒,也曾经买一盒碎牛肉加土豆胡萝卜炖一下午。这次我为了做中国饺子买了一大盒鸡胸肉,解冻它们花了两个小时,也许更长,因为它们太大了,放不进微波炉里。后来我想想,我还算幸运,我没有买一大盒鸡翅,要不然我拆骨头就得拆一天了。

做饺子馅之前我又打了一个电话给我妈，我说我们家做馅确实要把馅都弄熟吗？我妈肯定地说是，我妈说："有一次包馄饨，你走过来吃了一个生馄饨，幸好馅是熟的，要是生的你吃得下去吗。"我放下电话，想起了那个生馄饨的滋味。我生吃那个馄饨其实是模仿一个电影情节：犯了重罪要潜逃的男子，与母亲匆忙的最后一面。母亲正坐在院里包饺子，儿子推门而入，拎起一个生饺子塞进嘴里，母亲说，看你急的。儿子不说话，只是用力咀嚼那个生饺子。母亲端起一屉包好的饺子，进屋下饺子，儿子望着母亲的背，眼泪流了下来。他只好再夺门而去，一点时间都没有，他还在咀嚼那个饺子。

我妈不包饺子，我妈包馄饨，我生吃那个馄饨是想知道那颗眼泪怎样落下来。馄饨馅是熟的，面皮是生的，那半生熟的馄饨的滋味也足够我记住一辈子。

金太太替代了那加，显然她是见过中国菜刀的，但她不知道怎么使用它。她一手握刀柄，一手按刀背，以跷跷板的方式切菜。和那加一样，金太太切菜也是没有声音的，十分文雅。

我把生鸡肉和熟青菜倒入一口大玻璃缸，开始搅拌。我从网上打印了一些关于饺子的资料，我按照那些资料加入生鸡蛋和酱油。搅拌的同时我扫了一眼电视，那个穿着牛仔裤的美国厨师正在用一个大针筒把调味汁注射进鸡肉里。

然后呢？我开始犯愁，他们都在等待着我的饺子。

我突然从厨房的窗子看到了贝蒂，她正要去网球场。后来她帮我把馅都弄进皮里去了。她还说，饺子下锅以后要推一推。

一大盘很像饺子的东西终于上桌了。

那加用刀挑开面皮，叉起一团馅放进嘴里，发自内心地赞扬："嗯，很酷的中国饺子。"我望着她和她的那盘狼藉，心里想：早知道你要把皮和馅分开来吃，我就不用包了。

蓝色保温瓶

每一个夏天的傍晚,燕春楼还在的时候,我都被差去打冰冻啤酒。我穿着拖鞋,右手提着一个蓝色的保温瓶,慢吞吞地走过去。那个瓶,用来盛热汤就是保温的,用来盛冰块就是保冷的,可是我们都叫它保温瓶。穿过弄堂,到了街面,就是燕春楼。燕春楼卖汤面和小笼馒头,也有下酒菜。不知道为什么,过了大暑,燕春楼就拿啤酒出来卖,似乎也不是他们做的,我想不出来他们的啤酒从哪里来。

营业员坐在木头柜台的后面,一下台阶的地方,冷菜碟还有姜丝都摆在柜台上,可是隔着玻璃你也碰不到它们,一整块大玻璃,完全地罩住了菜还有营业员，只从玻璃和木头的连接处抠出一个半圆的洞,钱从洞里递进去,手指在玻璃上指点,冷菜就从洞里送出来。我看不到那些菜,我只看得到圆洞的后面,营业员的脖子,如果他们坐下来,我就会看到他们的脸,他们守着那些五分钱的嫩黄姜丝,还有冰冻啤酒,一动也不动。

到了傍晚，我去打啤酒的时候，燕春楼里几乎一个人也没有了，冷菜和姜丝都不见了，厅堂里的十几张方桌和骨牌凳也冷掉了，抹布只抹过一遍，偏过头你就看到反射过来的白光，一道一道，油腻腻的。

把保温瓶和钱从玻璃圆洞里递进去，再送出来的保温瓶就重了，里面盛着一勺或者两勺啤酒。有时候是一勺，有时候是两勺，都是大人们事先教好了的。我看不到啤酒的出处，于是我相信啤酒和酱油一样，都是装在木桶里的，有人要打，就拿一个长柄深圆的竹节筒去舀。

那些夏天的傍晚，我都是这样去打啤酒的。

营业员装酒的时候，有点空的我就去看门外面台阶上面竖着的纸牌子，上面写着——冰冻啤酒，我认得那四个字，冰冻啤酒。再往远处望去，是第四百货商店，我们叫它四百，那就意味着还有二百和三百，可是我不知道它们在哪儿。四百的前面是水泥柱底的岗亭，像一个巨大的蘑菇。岗亭把四百的门脸都遮住了，我看不到它的门了，我只看到围坐在门口的一圈女人，她们都是补丝袜的女人，她们夜以继日地补丝袜，她们的头埋在膝盖上，针走得飞快。我想不出来，这世界上有那么多的丝袜要补。也有男人，都是卖老鼠药的，包成一个长形纸包的老鼠药，再画上三道红杠，整齐地排列在箩筐里，箩筐的中央往往是硬邦邦的大老鼠干尸，头朝上尾巴向下，像人一样竖立着。我从不相信那是真正的老鼠，可是我走过那些箩筐的时候会绕开很远。

四百的旁边就是布店，我喜欢那个布店，半空中布满铁丝网和铁夹子的布店，票据和钞票都夹在上面，飞来飞去，起先我以为它们就是飞来飞去，后来我发现它们只飞去一个地方，那个地方总有一个女人在那里，坐得非常高，四面八方的铁夹子朝她飞过去，她碰了一下，在我看来她就是碰了一下，也许她就在那一碰里做了所有的事情，她松开夹子，取下单据和钱，她数钱，算账，签字，敲章，数找钱，再包起来，重新夹上去。她碰了一下，夹子就回去了。那么多的事情，她只用了一个瞬间。她头都不抬，她的手就能够准确地接到夹子，又准确地把夹子送走。她从不出错，她就像一个坐在铁丝网中央的蜘蛛。

她把铁夹子飞回去的时候不是那样的，她先往后面退一点点，手腕再用力，她出手的铁夹子就像闪电一样了。她不像有的营业员，铁夹子只飞了一半就停住了，个子高的顾客就踮起脚尖去够那个不动的铁夹子，营业员就叫，不要动不要动！她们又飞过去一个空的铁夹子，空夹子就把先前停住了的夹子送到目的地。有的时候空的铁夹子和不空的铁夹子都停在半空，那很少见。我看着半空中的铁夹子，我知道里面夹了零碎的角子，我在想为什么角子不掉下来，她们夹得真紧。

营业员把保温瓶送出来的时候都是不声不响的，我要自己回过神来，伸手去拎自己的瓶。没有人排在我的前面或者后面，很少有人去买啤酒。有时候我会看到一两个年轻人，穿着白背心的年轻人，上面印着自行车三厂的红字或者照相机厂的红字，他们走进来买一杯啤酒，然后他们走掉。我不知道他们把啤酒端到哪儿去了，他们为什么不喝了再走呢？他们端着啤酒走上台阶，就不见了，我再也没有见过他们。

我不相信那些啤酒都卖得掉，那个时候的人们都很穷的。像我父亲这样，每天喝冰冻啤酒，我提着保温瓶走来走去的时候，邻居们的眼睛就看过来了。

父亲终于摆脱了那些眼神，在他不再喝啤酒以后。

父亲是在当兵的地方学会喝啤酒的，那个地方有海水，很多很多的海水，年轻的小腿浸没在海水里，年复一年，到了老年，才渗出毒来。海水也是有毒的，海水的毒像青蛇，爬满了父亲的腿肚。

我慢吞吞地穿过那些弄堂，最狭窄的部分，你得侧身，如果你踢到了白头发老太婆的煤球炉，你就得赔。我看到过，整个弄堂的人都看到过，有人撞翻了她的煤球炉，她拖住了他，她说赔钱。那人说他赶着上班没看见，她说赔钱，说什么都没有用，大家都围上去看，那人就赔了钱。白头发老太婆住在隔壁的隔壁，如果是我，兴许不要赔。她认得我，可是谁知道呢？兴许她不认得我。

夏天的傍晚，晚饭桌和竹床都搬到外边来了。每一家的小饭桌都是圆形的，可以折叠的，几乎一模一样。每一家的晚饭也一样，丝瓜鸡蛋，蒜炒豇豆，冬瓜汤，如果家里有一个腻酒的男人，就会多出一碟油炸花生米，那碟油炸花生米也是一样的。如果家里有一个腻酒的男人，那家的晚饭桌总是要到天黑了才收的，腻酒的男人，喝光二两洋河大曲要花去一个傍晚。你看到他们时时端起酒杯来，可是白酒只沾染了他们的上嘴唇，他们就靠着那一点一点连绵不断的滋味，消磨掉了整个傍晚。那时候的人们都是有着无穷无尽的时间的。竹床是架在两条长凳上的，地和凳腿总是不平，可是父亲们总是会在不平的地上架出纹丝不动的床来。架竹床的人家多是有孩子的人家，那床上是没有大人上去的，大人们只在床的边缘放半个屁股，大人们的手中总是持着蒲扇，直到孩子们迷迷糊糊地睡着，那扇子还在不紧不慢地动着，扇出最清凉的风来。

孩子们长大了，离开家了，竹床也不再搬出来了，就像我们家里的那张，我曾经在那上面踢断了邻居孩子的胳膊，也曾经从那上面头朝下摔下来过。隔了好几个夏天，竹床自己散架了，就被扔掉了。

我相信没有人买啤酒，可是每一天的啤酒都很新鲜。新鲜的啤酒散发出雨过天晴的味道，就像保温瓶的味道。保温瓶空的时候也是甜丝丝的，只要旋开它的盖子，把脸扣在瓶口，你就能闻见它的味道，那些味道是装了好多次冷饮留下来的。保温瓶有时候也用来放冷饮，盐水棒冰、赤豆棒冰、芝麻棒冰、牛奶棒冰，甚至冰砖，真正的牛奶冰激凌做成的冰砖。保温瓶空着的时候，我也喜欢它的味道，只要闻着那味道，就好像你拥有一切甜蜜的东西一样。

在大家都往井里吊西瓜的年代，我们家有一个保温瓶。我不知道保温瓶是什么做的，保温瓶的外壳是天蓝色的塑料，内胆是银色的，像镜子，照出一个小女孩有点变形的脸来。女孩在换牙，女孩笑起来的时候门牙的位置是空的。

每一个夏天的傍晚，我都会被差去打冰冻啤酒。那样无聊的差事,可是不能拒绝,如果我有一个兄弟,或者姐妹,那样的差事应该是落在他们身上,于是我又憎恨我一个人,因为只有我一个人。我给自己找到了一点乐趣:我把保温瓶从左手换到右手,再从右手换到左手,直到换得熟练,保温瓶就飞起来,从左手飞到右手,又从右手飞到左手, 我总能接住飞起来的保温瓶。这样细微又隐秘的乐趣,几乎冲淡了整个夏天的无聊。

夏天快要过去的时候,我把保温瓶打碎了。我蹲下身,慢慢地,从地上拎起碎了内胆的保温瓶,从表面看起来,保温瓶没有丝毫变化,可是只要摇晃它,它就发出清脆的碎片的声音。那些碎片令我害怕。

我慢吞吞地回到家,父亲正坐在饭桌前。那是他一天最愉快的时光,冰冻啤酒,枇杷树下的晚饭,还有家人。我举起那个保温瓶,我摇一摇它,它的碎了的声音。我说没有了,没有啤酒了,因为保温瓶破了。

我以为父亲会责备我,可是没有,父亲说没关系,父亲说洗下手坐下来吃饭吧,然后他夹了第一筷菜,放在空了的饭碗里。如果有啤酒,啤酒一定是倒在那个饭碗里,他一定是先喝一口啤酒,再吃菜的。

为什么还要捡起来呢?母亲说,如果摔碎了,就不要了。为什么还要带回来?

没关系。父亲说,快吃饭吧。

好像就是从那一天开始,父亲不再喝啤酒了。夏天过去了,燕春楼不再有冰冻啤酒卖,可是下一个夏天,再下一个夏天,父亲都不喝啤酒了。

二十多年过去了,父亲因为健康的缘故再也不能喝一口啤酒。如果我在童年时就知道会是这样,那个夏天,我一定不会打碎那个保温瓶。那个夏天,我一定不会憎恨只有我一个人,即使只有我一个人,提着一个蓝色保温瓶,阴着脸,踢着石子,慢吞吞走着,我也是我父亲的孩子。这个世界上,再也没有一个男人能像父亲那样包容我了。

奥格教我的事

离开加州以后,我再没有给奥格写过信。

奥格是我新到美国时学校派给我的英语拍档，我在我的很多文章里写过她。那个时候我们每周见一次面,她会带我去当地人才知道的小花园、集市,有时候也会待在她的很漂亮的家,聊一下午的天。有一次她要去仓库取她换季的衣服，我也跟着去了，那是2000年，我第一次看到有人会把暂时不用的衣物租一个仓库放起来,取送的时候还得再开半小时的车。我在写给妈妈的信里告诉了她这件事,我说奥格的家其实很大,但她宁愿用那些空间放一个简直无用的艺术装置甚至一盆巨大植物。我妈妈回信讲,美国的老人太懂得生活了，希望有一天中国的老人也能过上这么高贵又自在的生活。二十年以后,我妈妈终于也租了两个车库放所有她不想看见又不舍得扔掉的东西,她的房间每一天都是明亮的,没有一件多余的杂物。我很高兴这一天终于到来了。

奥格那个时候已经七十岁了，但她对于生活的热情却甚于我的,一周一次中国画,一周一次瑜伽,一周一次饮茶,还有这一周一次的、帮助一个新来美国的年轻人,了解美国,融入美国的生活。

我那个时候已经中止写作,我想要追求一个与我之前的生活完全不同的崭新人生,但是未来到底会怎样,我不知道,也许更坏,越来越坏。我活得很消沉,每天都在担忧。我更像是一个老年人。

直到有一天奥格带我去一个艺术集市,她停留在每一个摊位前,跟那些完全不认识的摆摊的艺术家们聊天。我们还站着听了一场露天音乐会,四个老爷爷的爵士乐队,我没听出好来,我克制着不耐烦。

表演结束,奥格买了他们的一张 CD,封套上面四个穿红西装的老爷爷,手里的乐器在太阳光下面好像金子做的,闪闪发光。奥格把 CD 送给我,我突然跟奥格讲:我再也不会拥有您这样的生活。

奥格说你将来一定会有一个更好的生活的。

我看着她。

我之前从来没有讲过。奥格说,我来自洪都拉斯,你一定没听过这个名字。刚到美国的时候我们一无所有。奥格说,但是我们年轻啊,唯有努力。我的丈夫直到现在还在工作,没有休息过一天。

我不知道说什么好。我很羞愧。

你还很年轻啊。奥格说,你的未来一定会好的,你会有一个很好的人生。

这件事是“那些奥格教我的事”中最重要的一件,我想我永远不会忘掉的。

我的儿子肖恩出生在斯坦福医院，我们收到了好多美丽的礼物，奥格的礼物是一个蒂芙尼银勺子，特别美国。后来我的女儿乔安在纽约出生，我们也给她买了一个刻了她名字和生日的蒂芙尼银勺子，我把这些都归入“那些奥格教我的事”。

肖恩五个月大的时候我们离开加州搬去新泽西州，奥格送给我一个镶了蓝石头的印第安镯子作为告别礼物，送给我的丈夫一个印第安扣子，都是银做的。我重新开始写作以后把它们都被写进了我的书里，我知道我们拥有奥格最美好的祝福。

可是我再也没有写过信给奥格，我丈夫也一直没有机会去看望他的东道主家庭——给予他很多帮助和爱的艾德和卡萝。

我们俩没有交流过这个问题，也许只是我的问题，我不联络。如果没有得到回信，如果得到一个坏消息，我不知道，我不联络，那么一切都还在原位，一切都好好的，我的奥格一直生活在她放了好多艺术品的美美的家，我丈夫的东道主家庭还在招待全世界的外国学生，给大家烤超级好吃的意大利双层面，还有胡萝卜蛋糕。我已经四十岁了，可是更多的时候还是很幼稚，就像我刚刚到美国的时候。

直到两年前我的孩子们都入了中学，也是我重新开始写作的第三年，我给大家群发了一封变更地址的邮件。奥格给我回了信，她说她很高兴终于收到我的信，并且希望我再给她写信，告诉她我一直都在做什么。“我的电话一直没有变，”她说，“给我打电话。”

可是我没有给她打电话，我也没有写信给她。

十六年以后了,我又回到加州,带着我的小女儿乔安。

我们从洛杉矶开车去帕拉阿图,我们当然得回斯坦福校园,我们住了三年的家,乔安的哥哥肖恩的出生地,我要拍当年的房子给肖恩看,那时候他还是一个宝宝。

车开在大教堂前面的大路上,两旁是高大的棕榈树,一切好像回到二十年前。我说不出更多的感受,已经四十多岁的我,不只是消沉,又加上了疲惫。我有没有过上更好的生活?我不确定。

我拿出手机,从信箱里搜出那封奥格两年前的回信,给奥格打了一个电话。

奥格的声音完全没有变,我相信她也是马上认出了我的声音。可是真的是过去了十六年了啊,却好像一切都没有改变。

奥格欢迎我们随时探访,她一天都在家。

再见到奥格,我都觉得我在做梦一样。奥格一点没变,奥格的房子也没有变,那些艺术品们,雕塑和画,仍然放在原来的地方。

奥格的丈夫病了,在医院,她经常去医院看他,但是她已经不能开车。她在停车场出了车祸,有人撞到了她和她已经停下的车,她被送到医院,躺了好几天。所以她不再开车了。

奥格给我看一个中国结,她说有一天回家发现这个中国结挂在她的门上,一定是一个好心的过路人送给她的礼物。

是的。我的丈夫说,中国结代表了好运气。

我说不出来话,我一直在微笑,我还在做梦。

你的孩子都这么大了。奥格说,离开帕拉阿图的时候还是个宝宝。

这是我的第二个孩子,乔安。我告诉奥格,肖恩这次没有来,他已经是一个高中生了,他得去马来西亚参加一个比赛,他是乐团的单簧管手。

是啊,十六年,也只是一个瞬间吧。

回到洛杉矶,我托朋友给奥格寄去了一本小说集《陌生人》,里面收录了我的一个短篇小说《阿弗内尔》,写的是我们离开帕拉阿图搬到阿弗内尔的第一年。

“希望您喜欢这篇小说。”我写信给奥格,“期待下次再见。”

奥格一直没有回信,我在想也许书寄丢了,也许书没有寄丢但是奥格要看完了书才回信给我。我很快就忘了这件事,我越来越忙了。我也不再写小说,不仅仅是时间和体力都不太够,我不知道是为什么,也许写作就是一场长跑,有人永久离场,有人好不容易返场仍然很难跑到终点。

九月的最后一天,凌晨三点,我突然醒了,打开手机,奥格发来了一封信,她说很抱歉回信迟了,她一直在忙着照顾丈夫。他在九月的一个午夜过世了。

“现在对我来说是一个非常悲伤的时刻,我需要做很多事情才能使我的生活重新恢复。”奥格说,“我用读你的书来帮助我度过这个时期。”

我从床上坐起来,读这封信。

“你不知道你和你家人的来访给我带来了多少快乐。”奥格说,

“真为你感到骄傲,你有这么可爱的女儿,还有肖恩,很希望下次会见到他。而且你不知道我有多喜欢你寄来的书,这是一个最特别的礼物,它让我知道,你已成为你想要成为的样子,一位母亲,同时也是一位作家。你有一个很好的人生。爱你的,奥格。”

我的眼泪终于没能忍住。

大围有个火锅店

我的朋友林小姐要去哥大待一年，我们约在大围的一个火锅店聚餐，祝愿她在纽约一年快乐。

这个火锅店是另一位朋友陈小姐去预订的，她说她是提前了一个星期就去订的，因为这是一间非常热门非常奇特的火锅店。有多奇特呢？对我来讲就是其实那儿有两间店，但是名字是一样的，里面的格局也是一模一样的，但是确实是两间店，而且紧紧靠在一起，我就先去了第一间店，上楼，没找到她们，再下楼，出门，站门外核对了店名，对隔壁一模一样的店感到困惑，又回到第一间店，找他们的服务生问个清楚。问题来了，我再次进门的时候，一个坐在第二桌的香港男人对住我喊：你把门关上！用的是非常不流利的普通话。我没有马上关门的原因是服务员就站在门口，我有马上转身离开的便利。我看了一眼那个香港男人，非常普通的香港男人，要不是他冲着我喊，我完全不会注意到这种男人。我用英文说了一句不好意思。完全是条件反射，就好像我从美国到香港的第一年，路人打个喷嚏我都会习惯地送上一句上帝保佑你，我自己是不信神的，完全就是个习惯。这个第一年，我还做过为任何人开门的事情，商场的门，屋苑的门，我扶住那些门，目送男人女人老人儿童们出入，这么扶了十五分钟，一句“唔该”都没有听到。当然我现在不会再这么干了，我不再为任何人开门，但是我仍然会在推开门以后再多停几秒，要不然门会弹到后面的人脸上。我有时候觉得香港的年轻人没有希望也只是这样的小事，地铁上坐笑脸座都不让座都不是事了，开门关门连自己都不顾也不是事了，最可怕的是我会见到那样的年轻人，一进地铁车厢就纹丝不动的，后面的人就被地铁门夹了。被地铁门夹当然是很痛的，但是更痛的是有一次走在我前面的一位年轻人，一落座还一伸长腿，绊了我一个大跟头。

我讲完英文的“不好意思”，退出他们的门，不免想多了一下：他为什么要跟我讲普通话？他的普通话又这么差。我意识到他的用意很深，但是我不能再想下去了，再想我的火锅就吃不好了。

我进了旁边的门，上了正确的楼梯，见到了我的朋友们，我对语言的思考马上变得不重要了。我的这三位朋友，陈小姐从法国到香港，方小姐从日本到香港，林小姐从美国到香港，又要回去美国待一下，加上我，我们聚集在这个香港大围的火锅店，热气腾腾之间，我都有了一个错觉：我们不是在香港，我们在纽约，我们是国际的，我们的海鲜新鲜到也像是国际的。

我们旁桌的食客们都在讲讲讲，讲太快音量又太高，还爆笑到屋顶都要塌了，或者就打“王者荣耀”，一顿饭从头打到尾，不知道打不打得下来他们要的装备。

我说香港人讲的英式英文啊哈哈哈好古板,林小姐严肃地说,都讲英文也许是对的,第二语言可以消除掉更多情绪。我顿时觉得社会学太有用了,比人类学有用多了,我去年还想着去考中大(广州中山大学的那个中大)某位教授的人类学博士呢,幸好他以我超龄的理由拒绝了我。方小姐说还是讲点别的嘛,这么好吃的火锅,文坛八卦吧,北岛吧,冯唐吧,王安忆吧。陈小姐说王安忆又不是香港的真是的。

回去的路,我是一个人,望着她们三个在路灯下的背影,我拍了一张她们的合照,快要四十了还腰板笔直,真是跟演《欲望都市》似的。但是真的很不香港,所以会有香港男人一眼看得出来我们不是香港女人,即使我们已经在香港待了十年,我们的口音也都是港岛的不是新界的。那个大围火锅店的香港男人,仍然会想用蹩脚的普通话打倒你。我讲了不好意思,他露出的错愕的表情,大概是从来没有一个女人被吼到全餐厅的人都瞪过来仍然保持礼貌吧,如果是一个港女,他肯定是要被打死的。

想起来前些天有一个新闻——《在香港生活的台湾女生教你一招:如何讲国语但是不被香港人粗鲁对待?》,我还真点进去看了。标题这么长,内文只有一句:“女生们一到香港嚯,第一句话必须讲清楚了啦,我是从台湾来的了啦。”

我的经验是,你讲你是从新加坡来的都蛮有用的。

但是你还是要英文更好一点,最好是加州口音的,不要是得州口音的。讲英文不仅可以消除掉你的一些情绪,还可以帮助你打回去一点,尤其在香港。

我有两条路

去上班的路有两条,我说的是下了巴士以后的那一段路。如果从家里出发,只有一条路,682号巴士,每天两条特快,如果没有赶上七点二十分的那班,就必须赶七点三十五分的那班。两班都没赶上,就肯定迟到了。迟到十五分钟以上,我就完全失去了拿全勤奖的机会。

所以我赶巴士都是用跑的,我清楚地记得第一天上班,我用了十分钟从住的屋苑到达巴士站。如今我只用三分钟,两分钟是电梯的时间,一分钟是加速跑,两百米,我只用五十秒。后来我查了一下维基百科，这个速度已经赶上世界纪录了，而且我还有一些障碍物:三个绕不过去的橘色垃圾桶,不很平整的路面,其他上班的男人女人,尤其中环特快的那一条,人龙极长,每次我都得从他们的中间穿插过去，每次都得非常小心，因为每个人的手里都捧着东西:手机,头条日报,早餐包的奶茶柠茶热咖啡。

早点起床不行啊？这不二十年了,每天五点四十五分起床,做完一切家务洗完澡，最后一缸衣服晒挂出去，出门。所以要是突然下雨了，我的世界都崩塌了。

家务下了班做不行啊？到家晚八点，做饭吃饭吼完功课，洗着洗着碗就站睡过去了。

巴士上的两个半小时，我至今没能学会用来睡觉，也没能用来阅读，这是我永远的遗憾。浪费时间是最大的罪。

但是每天搭巴士的所见，其实也是够写一篇小说的。但是写小说的时间都没有，真是一点意思都没有。就像我的一个朋友，往来日本和中国总要搭船，我问她为什么，她讲漫长海上旅途有见有闻，令她深思。我想的是：你要不是一个作家你也不是个艺术家，你表达不出来你的深思，你思什么？所以这也是一种浪费。

一个多小时的发呆以后，太古坊下了车，我有两条路可以选择。一条路是最近的，笔直的一条路，走到头，过一个窄马路，就到了。这条路的两边都是餐厅，中午的时候会很挤，可是开早餐的只有三家，第一家做餐蛋面，第二家也做餐蛋面，第三家当然也做餐蛋面，可是没有一家是好吃的，热柠茶会有一点细微的差别，有的柠檬切成三片，有的切成四片。路右边的第一家茶餐厅，总是趴着一只狗，又老又胖，气都喘不过来，肚子全部贴在胶凳上。狗的主人一份牛油多士，炒蛋，奶茶，当街坐着，没有什么表情，也不跟他的狗说话。路左边的第二家茶餐厅，中午卖云南米线，早上卖面，也有粥，粥往往焦了底，都有人吃，我这样的人，配一客斋肠。粥吃完，肠粉都没有来，要么算了，带去办公室也是扔掉，冷了的肠粉，牛肉肠、叉烧肠，怎么热都不好了。第三间茶餐厅有两个独立分开的大门，中间还隔了一道墙，无论你选哪个门，左边的门，右边的门，你去的总是同一个地方，真是让人想都想不明白的安排。

这条最直接的路，总是在施工，不是左边挖开就是右边挖开，人和车行走在路的中央，互相也没有干扰到。上班的时间，下班的时间，车都不会很多。也可以靠住路的右边，最右边，走着走着就到达一个高地，越来越高，离开平地越来越远，最后再经由一个铁楼梯下到地面。会经过一个废品站，潮湿的纸，堆积成山，一个花臂工人，手里拎着根水管，往那座纸山上淋水，一遍又一遍，表情都很坦然。有人跟我讲，香港的废纸运到深圳都是发了霉的。我觉得这些话跟我好像也没有关系，我跨过那些湿纸、水洼，继续往前走。经过一间贝果店，有一阵子我天天在那间店吃早餐，起司贝果配柑橘茶。摇摇晃晃的玻璃桌椅，只够放下一只公事包的距离，等待贝果加热的间隙，我会去看墙上贴的彩页：旅游杂志的一个图片版，或者头条日报的探店报道，写着这是本区唯一的一间贝果店，专业做贝果，只做贝果。你要什么样的面饼？硬的软的？平的丰富的？亚麻籽的小茴香的？你要什么样的馅儿？红莓蓝莓加不加奶油？鱼或者肉？生菜叶还是红洋葱圈？如果你是一个天秤星座，应该会直接崩掉，可是我不是，我很快地做了决定，在我第一天上班的那一天，接下来的每一天，我都是这一种选择：柔软的起司。

有时候我不走这条路，我走太古坊前面那站就下的路。也不为什么，肯定不是坐我旁边的人打呼噜的声音太响了这种事情，生活在香港的每一个人,到最后都会变得极为隐忍。我下了车,经过一个早上也开的冰室和一个粥店,他家的油条是摆在透明橱窗后面现炸给你看的,炸油条的老板站在油锅的后面,目光炯炯地看着每一个过路人。我不等待红绿灯,我提前左拐,穿过一个桥底,直接过到街的对面。这个街区,有一些餐馆会把三明治和饮品摆到外面,一个零钱盒子,自己找钱。人人都是有信用的,在这个地点,这个时间。也有一些最破的茶餐厅,胶桌胶椅都摆在露天,人们坐在细雨中吃早餐,多士要烘了底的,蛋要煎得像太阳。穿过那围露天桌椅,一个狭窄小巷,只够我这样的身量,再胖一点,只好侧身。巷子走出去,过了街,就是全区最热门的一间早餐店。我是如何知道它热门的?那天我只是路过,那条三十米长的人龙绝对引起了我的注意,而且是在这样争分夺秒的早晨。我走到龙头看了一眼,只卖粉果小食的店,每一位客人从下单到离开,绝不会超过六秒。于是我排到了龙尾,很快也就轮到了,肠粉烧卖热柠茶,也是六秒,拎走都不需要说出口。

有时候塞车,往往是周一,也可能是周五,一个小时的车程开出去一个半小时多,下雨肯定不是一个原因,有的682司机,雨天开得格外快。找不出来原因的塞车,会让我连买早饭的时间都没有。我看一眼人龙,经过他们,往前走,转个弯就是另一间小食店,一个排队的人都没有。要一份肠粉烧卖柠茶带走,也是快的,六秒都不需要,可是为什么没有人呢?胶袋装着的食物摆到桌上,正九点上班前我还有五分钟吃我的早餐,吃起来也没有什么不同的,浸在茶里的柠檬也没有少一片。

第二天早上,快要排到我的时候,我从钱包里掏出一张二十元的纸币,突然意识到,这家的早饭是十六元,二十元有找;那家是二十七元,二十元之外,还要加多两枚硬币。就是这样,每天在太古坊上班的香港人,男人女人,老人年轻人,刚刚入职场的新人,资深员工,部门经理,光鲜的衣服背后,每个人都在脑子里计算了一遍以后,默默地排成了一条长队。

我有我的路

已经是三年以后了，去上班的路还是两条，可是不是三年前的那两条路了。不是公司换了，公司还是那个公司，是我换了去公司的路。

曾经最近的那条路已经修了三年，还要再修三十年的样子，我不再走那条路了。两边的餐馆也都没有了。有过一个贝果店，可能是全香港最好吃的贝果店，一个店员，又收银又烘贝果，小茴香籽的贝果配软奶油起司，我也吃过几天好早饭。我不再走那条路了。要说还有什么惦记，废品站的台阶下面，有一位纸皮老太太，我时常想起她。还走那条路的时候我往往一下巴士就取一份《头条日报》，经过纸皮老太太的纸皮堆，就放在那上面，有时候她坐在那里，我们互相讲早安；有时候她不在那里，我放下报纸，继续往前走。不走那条路以后，我有几次在路口又看见她，推着一车沉重的纸皮，她看我一眼，似是认出了我，又似是没有，大家都戴口罩了，我戴口罩的脸，我自己都觉得很陌生。

穿过那个路口，就要开始快步，因为路口一个肉档，肉条和内脏都挂在外面，气味也叫我难受。屏一口气经过那个肉档，那十秒，总像是人生的一些问题，总要经过，总会经过，但要小跑几步。有时候买肉的人太多，堵住了路，我那几步就会很靠近肉档，非常近，脚下血水横流，跑起来的时候，真顾不得旁人的眼睛。

过了肉档就是个街坊饼店，曾经关了一阵子，再开张仍是卖包饼，并没有什么变化。买过蛋沙津包，也买过菠萝油包，吃不出来分别，不是这里长大的人，也许更愿意去连锁店，至少滋味都是一致的。

然后就是一个玻璃的小门，没有任何标识，进了那个门，上一层楼梯，就进入了一个庞大的楼群，每一幢楼都是相连的，人在里面可以走很远，即使外面暴雨，完全影响不了里面走的人。这一条路是三年前就有的了，也不知道为什么，我是新近才知道，如同那个没有门牌也不标注的玻璃门，也许就是不招待陌生人的意思。

楼里的每一个拐角都摆了艺术装置，非常艺术，非常装置，每个艺术装置都有解释。突然想起来，这路原是十年前就走过的，那时的楼群都是有些暗的，艺术品们也与现在有些不同，一个立着的大青苹果，印象最深，不知道去了哪里。十年前的我，我也不知道去了哪里。

停下来买一个牛油果三明治，在一个轻食店，也记得起来，轻食店的前身是一个也卖鲜花也卖巧克力的店，主要卖什么，记不分明了，如果还要卖很多别的，总叫人记忆有些混乱。贝果店是很迟才来的,那个店面也空了好久。非常骄傲的贝果店,每天下午四点就关店,总叫我想起三年前的那间,只是都不同了。又开了一间未来素肉店,门面精致,却总是冷冷清清,有一天不想再买贝果,也不想再吃牛油果,走入未来店,一丝烟火气都没有的一个店,一个店员,像是站错了地方,困惑地看了看客人,客人也困惑地看了看他,假装无事地走了出来,尽显尴尬。

过了一个天桥,一排西餐馆,一街露天位,有时候很夜了,过这个天桥时往外面看一眼,就看得到那些露天位都坐满了人,人手一杯酒,聊到更夜。

转一个弯,再过一个天桥,又一个隐秘的玻璃门,推门而出,下两层楼梯,就出了楼群。公司在另外一幢楼,单独的一幢,不与任何其他楼相连。我往往选择货梯,上一层到停车场,仍是货梯。我宁愿与货物们一起搭电梯,那几分钟的静默,也很珍贵。

如果转一个弯,再过一个天桥,不从那个隐秘的玻璃门出去,就再往前,一架扶手梯,下一层,一间比利时餐馆,左转,也一样出了楼群。

那间比利时餐馆,时常有朋友找我在那里喝一杯,蓝莓啤酒或者不地道的芒果莫吉托,喝第二杯的时候她就会告诉我一个新故事。

"我有一个朋友,每天晚上都要枕着自己的存折睡觉。有一天晚上她来我这儿,我说我只剩一万块了,后来她告诉我,那个晚上她没睡好,一直在想我以后怎么办啊。"

“你怎么办？”我说，“你只剩一万块了你还睡得着？”

那就喝第三杯，等下一个新故事。

那一排西餐馆，有一天也是突然想起来，有一个晚上，被人带去了一个露天吧，喝了一杯很冻的黑啤酒，喝完夜已经很夜，不知去哪儿搭车，他们带我转了个弯，就是一排过海的红的士。

过了一两年，我才突然意识到，就是那排西餐馆，那一街露天吧，每天上班的路，都要经过那里。

到了中午，停在天桥下的那台餐车才会开业，卖的也全是未来的素肉，新式泰菜。早上上班的路，还是会多看它一眼，一辆银色的未来车，沉默地停在那里。天桥下面的路，没有人走，所有上班的人都在楼群里穿行。

有时候巴士会开过站，或者开出一点站头，我走哪条路完全取决于车门在什么时候打开，有时候一定是要到了站牌下面，那就走另外一条路。

车站旁边的山崎饼店买一个蘑菇包，或者菠萝酥，蘑菇包很快就不出了，还总是时时去看看，总存着一点希望，看了一年多，终于接受，菠萝酥也不要了。空着手出了山崎，往左，经过一个街市，再往前走，靠外的是两个水果摊，总摆着各式水果，很多我也不认得。总想要买点什么，总是什么都没有买，太害怕了，凡是要开口的买卖，总叫我害怕。再往前走一段路，经过一个印尼杂货店，到了一个也卖早饭的茶餐厅，肠粉豆浆买了好多次，才发现他们还有粢饭，犹犹豫豫问一声走肉松得唔得，爽快地答，得。轻减版粢饭，像是定制版的早饭,吃起来总有一丝欣喜。

再往前走,左转,一条斜路,左转再左转,就到了公司楼下。

斜路上有一间糖水铺,也卖早点,买到过一次番薯糖水,再去,总说还没有煲好,也就不再去了。从“户户送”网购了来做午饭,同事奇怪:糖水当午饭的?

不是这里长大的人,就是会把糖水当午饭啊。

约了个同事一起吃午饭,她也是吃素,时间比我还长些。一起等电梯,等了很久,入了电梯,层层停,最终挤满了要去吃午饭的人,人人屏住气的一段电梯时间。

两个人一起走去了那台银色的未来车,两份辣炒未来肉,车旁的一张木桌,面对面吃起了午餐。

“好吃吗?”她问我。

“还好。”我讲,“以后再来,也可以叫上别人。”

她笑笑,说:“一盒素肉饭,八十八,很多人是不愿意的。”

“为什么?”我说。

“至少得有真的肉吧。”她说,“对大多数人来说。”

我也笑笑。望了望天,上面是天桥,很多打工人走来走去。

我吃素也有三年了。

炒青菜

她第一次去广州的时候，广州的地铁还很新。他带她看了地铁站，他带她看黄昏的市民广场，年轻小夫妇牵着孩子，他说这可真幸福。于是，她以为幸福就是这样。

她小学的时候有过一个广州的笔友，她的笔友寄给她丝做的手环，还有一张照片，那是冬天，她的笔友穿着裙子，背景是很多很多花。

她们的通信一直延续到二十岁，在广州见面。她的笔友和照片上的样子一样，可是和她十几年的想象都不一样。从小学到大学，她笔友经历过的爱恨情仇，都曾仔细地讲给她听，她是她千里之外的姐妹。可是面对着面，她的笔友从来没有这么陌生过。

她说你的彼得呢？你要跟他去香港的。

她的笔友说她不记得她讲过什么彼得了。

她说这十几年的信我都保存着，连信封都好好的，每一封信我都是好好地读的。我又是这么盼着你的信,日日等着邮差来。

你的信叫我活下去,她说。

她的笔友笑了一下。

她说等下要去买点青菜,如果旁边有什么街市的话。

她的笔友说你要来广州结婚吗?

她说我不会结婚的。她停了一下,她说我说过的结婚可能不是真的。

她的笔友说好吧,你去买菜吧。

她们互相拥抱,说再见。

她没有去买青菜,他买了青菜又炒了青菜。炎热夏天,他的背上全是汗。

她喝到的第一口凉茶,在广州,甘蔗水的颜色,盛在高脚杯里。他们说不是甘蔗是雪梨,川贝雪梨。

他带她去见朋友,只有一次,于是她到底是他的爱人,一次。无论后来发生什么,他仍然是那个站在广州街头的电话亭打电话打到一分钱都没有了的爱过她的人。

这样的爱,超过一次就太多了。

她在鸿福堂买了好几年川贝雪梨海底椰,有一天店员说:你要试试苹果雪梨吗?她说:好喝吗?店员说好喝呀。她说还是川贝雪梨海底椰吧,热的。

这就是她与广州全部的牵绊。

她与深圳的联系还多一些。

她小学的时候有过一个同桌,长得很好。她的同桌说她将来一定要有一个像她家那样的浴缸。有一天同桌拿了美院姐姐的小塑像跟她交换自动铅笔,同桌说喜欢所有的好东西,心里想要就一直想要。同桌第二天就后悔,要她还塑像给她,同学们都叫她还给同桌,她发现换回来的自动铅笔已经坏了,但是说不出来。

她回家过春节的时候接到了同桌的电话, 同桌说你家的电话号码二十年都不变的啊?同桌说你们冬天冷吧?同桌说她现在在深圳了,深圳不冷。同桌说老公是香港人,有钱,又爱她;又爱她,又有钱。

她后来在深圳,一个人吃饭的时候,总疑心一抬头就见到她。即使隔了二十年,她都不会忘记她的脸,可是她再也没有见过她,深圳这么大。

深圳是他们说的,实现梦想的地方。不是广州。广州端庄,骨架大,风情万种;深圳就是一个放大了的深圳机场,富丽堂皇,吓死所有的密集恐慌症。

会说广州话的男人,她只认得一个,面目模糊了,只记得他高大,张牙舞爪的女人都围绕着他,于是他看女人们都没有表情。天全黑了,她远远地望见他同一个女人走在海边。她睡了一觉醒来,他们还在海滩上说话。他们都说些什么呢? 她一直放不下地想知道。

她想那就是广州男人的样子。

后来她在香港又遇见一个会说广州话的男人，香港人人说广州话，可是她只认得他一个。

她说完一句话，他要想一想才能答。他说的话，她多数听不懂，她只是看着他的眼睛，诚实的好眼睛。

《深夜食堂》里片桐把戒指藏在神龛八年，交托给神明。若是错过，只好错过。神又安排他再见爱人，她已为人妻，活得庸常。他说一起离开，重新生活。雪落下来，她脱了围裙开了门，他等在门外，戒指和机票。

老板说，你的人生不是只有你自己。

她已站在门外，说，我的人生就是我的。

若是只到这里，相爱的男女，就能在一起。

可是没能只到这里，丈夫和小孩替她庆贺生日，又老了一岁，她就关了门。她的人生果真不是只有她自己。

片桐慢慢地走过食堂，薄雪的地，窄巷，两级石阶，孤独地走掉。红色围巾白色和服，那双木屐，伤感到死。

算命先生说，因为前世伤害他人，现世就会为了追寻自己的心而漂泊。

她只认得一个香港男人，他的长相，就是这么一个确切的片桐。

那些自己炒的青菜很好吃,那些他给过的幸福。

她离开广州的时候,在一家小店吃煲仔饭,好吃的煲仔饭,吃到吃不下,他说为什么还要吃。因为她的眼睛里全是眼泪。

有的男人因为女人的低,抛弃她。可是抛弃也是相互的,耀眼过的女人,怎么会低得下去?

她发现他有左右逢源的根,就放了手。他以后的风生水起,都与她没有关系了。

她没有再去广州,离香港这么近,她都没有再去过。

白云山的尽头不过是一根水泥柱,绑满了锁,锁情锁爱,日晒雨淋,锁全锈了。

冰咖啡

她喝不了咖啡，一口就叫她血都涌上头，心跳得不能停。

他说醉咖啡的感觉是什么样的，她说好像醉槟榔。

他说醉槟榔的感觉是什么样的，她说好像第一次见到你。

他们分手以后，她才开始去咖啡店，从拿铁开始，到最后一杯solo，还是血涌上头，心跳得不能停。

她没有哭。

她问她的朋友，要不要还给他他送她的一条手链。一夜情的开始，她其实也没有长长久久的奢望，跟他在一起的每一天，都是挣来的。

总是去想那些亲吻和拥抱，没有哭出来，却好多眼泪。

她的朋友说：不要。

她说：为什么？

她在他那里还有一只耳环，他们曾经互相写字条，她写过亲爱的，他写过我爱你，那些字条被忘在酒店的房间里，他说算了，不拿了。她不敢问他那只耳环,她怕他说算了,随手扔掉了。

为什么不卖掉?你拿这笔钱去旅行。她的朋友说。

她去了屏东。

去恒春镇的路,一边是山,一边是海,一切都太美好了,她都看不到,想着他一下一下抚摸她的手臂,像是怕失去她,又真的丢掉了她。

过了万里桐,路边一间小小的农场,停了下来。白色花朵的小树,茉莉的香气,却是咖啡的树。

只开三天花的咖啡树,她想不到台湾也有咖啡树。农场的女孩邀请她摸一下生咖啡豆,潮湿的,有点绿色的新豆。

只想停一下的,却停了一个下午。

五分之四巴西豆,五分之一哥伦比亚豆,深焙豆子,磨成粉,注入冷水,慢慢地搅拌,越久越苦,越来越苦。咖啡粉膨胀的间隙,她去到旁边的香草园,坐在柠檬草和百里香里面,忍不住地难过,无边无际的难过。

再搅拌一次,滤过的咖啡,加入冰块。不能喝咖啡的女人,亲手做一瓶冰咖啡。

她带着这瓶咖啡继续去往南边,南边的南边,会不会晴朗?

经过南湾,望得见核电厂的冷却塔,两座巨大的灰色圆柱。海水都是温的,海滩上的小孩和狗,夕阳落入了大海,她想的全是海怎么会说话,风怎么爱上沙。

已经是最南,长长的长长的栈道,海蓝成三个颜色。

和他在一起的日子好像都是有颜色的,眼睛是亮的,贝壳是紫色的。

他爱我吗？她问她的朋友。

不爱。她的朋友说。

他爱过我吗？她问她的朋友。

有意思吗？她的朋友说。

她坐了下来,面朝大海,星空下的第一口冰咖啡,空荡荡的手指。她放声大哭了起来。

一个人吃饭

我在深圳住过,地王大厦的对面,我住了五天。

每天中午我都会穿过一个红灯和绿灯会同时亮起的十字路口去地王大厦吃饭,连续五天,我吃了五天永和大王,如果我知道只要再拐一个弯就是万象城的地底,我就可以吃永和大王之外的东西了。可是我不知道。我吃完了永和油条永和豆浆,就回到了地王的对面。

晚上我在楼下吃韩国饭,那是一个奇怪的地方,所有的人看起来都不是做饭的,如果你走进去点他们的饭,他们就会迟疑又惊讶地望着你。我每天都去那儿,他们的大酱汤最难吃,每次我都会要那个汤,又没有别的汤。

有一天下雨,我就去了少年宫。

这个世界上的事情就是这样,为了找到新泽西的房子,我们在新港转来转去,直到沿着一条不可以掉头的小道进入新港购物中心的停车场。购物中心很小,我也不要买什么,十分钟后回到车里,我对自己说,我以后都不要再来这里。

后来我每天都去那里,买一两件LOFT,看安妮阿姨的师傅做pretzel,附近幼儿园的大妈们也时常把婴儿们带来,古怪的竖立着的婴儿车,有时候五个一排,有时候六个一排。大风雪的圣诞节前夜,所有的人都在汉堡王排长队,我在一间不需要排队的轻食店买了鸡汤面,那些汤令我吐了三天两夜。

转来转去找不到路的新港,第一眼第二眼都爱不起来的新港。找房子的那一天,傍晚,天快黑了,我把手往遥远的车外一指,那儿有一幢暗红的楼,楼的上空是霞光,白到发亮的月牙,我说就那儿吧。

我就住到那儿了。

我是很久以后才发现我住的楼就是我指过的楼,这是真的。在我离开的时候,搬家公司已经把箱子运走了,车里只有一个小皮箱,我坐在车里,最后望那幢楼一眼,我才发现。

一个地方与一个人的缘分,一开始就注定了的。

去少年宫的路上我还在犹豫要不要去世界之窗,我问出租车司机:我去少年宫呢还是世界之窗?我要不要去世界之窗,到底要不要?出租车司机说:我是绝对不收港币的。

我去过北京的世界之窗,我记得我穿着翠绿的衣服,大头皮鞋,我记得是因为我真的爱上了一个人。我也许也说过我在这里爱上了一个人,我在那里爱上了一个人,可是我说的也许不是真的。可是我爱上了一个人,在北京,我差一点结婚。

我没有结婚。我穿着翠绿衣服大头皮鞋说缩小全世界的行为真是疯狂的时候,我想的是去真正的全世界,我想的是永远永远不要结婚生小孩。可是我也没能去到全世界,我停留在香港,不知道会是哪一天。

全世界都是去不了真正的全世界的人,我们又有什么办法呢?

隔了几年,我终于去了深圳的世界之窗,我去了中华民俗村,我也去了东部华侨城,都是后来的事情了。那些年发生的事情特别奇怪,去大梅沙的路上我们遇到了一场冰雹,车停在半山腰,旁边是悬崖,冰雹落下来的声音像碎掉的石子。开车的人有些紧张,他的太太安慰他:我们离悬崖还有一道小栏杆,多好。

雨小了以后我们穿隧道回到出发的地方, 他们说有一条不收费的高速公路,可是没有人找得到它。我们付了隧道的钱,停在路旁的麦当劳,那位太太说,如果不是父母生了病,不得不卖掉深圳的房子,现在的生活要更好一些。那位太太说,买套餐再加十块就送一只冲浪熊。

我带走了麦当劳的冲浪熊,我没有看到深圳的海还有沙滩,后来我一直没有看到深圳的海和沙滩。

后来他们离婚了。

后来开车的人请大家喝满月酒,婴儿的母亲谁都没有见到过。他重新挣了深圳的房子和深圳的车,给前妻,然后只身去广州,挣广州房子和广州车子。他们说他情至义尽了。

我在广州见到他,我不应该再写广州,我写的广州实在是太多了,我应该告诉你们我后来再也没有去过广州。可是我在广州见到他,他牵着小孩的手,他说很快就会有第二个小孩。我说:“去香港生?”他说:“香港有什么好的?”

我们在一家白天也营业的肚皮舞餐厅吃咸透了的中东奶酪,我想的全是那场冰雹,车旁的悬崖。我想起来有一天下雨,我坐出租车去了少年宫,少年宫正在上演《卖火柴的小姑娘》。人山人海的深圳书城,找不到吃饭的地方,所有的人都在各个店门前排长队。我吃了角落里的扒王,我不记得食物好不好,服务员凶不凶,我记得围着整个深圳书城绕了两圈半,找到一个出口走出去,面对着莲花山,我迷了路。

然后我住在少年宫了,整个夏天,我都待在那儿。我每天都去深圳书城找吃的, 深圳书城的后面是深圳图书馆, 我每天都去那儿,可是我不再读书,我也不写作了。我再也没有去过扒王。

几乎在同一年,所有新港的人都到了香港,有的是7月,有的是8月,最迟的也没有迟过第二年。人到得差不多了以后,他们说要聚一聚,他们找到一个叫作光明农场的地方。我一直记得那个地方是因为我说了我会到, 可是我没有到。我不知道是什么影响了我,也许只是乳鸽。

后来的聚会总有人没有到,于是有的人,我一直没有见到。香港这么小,可是我们再也没能相见。香港这么小,我们都没了为打一局牌开半夜车横穿整个新泽西的心。

你还想打牌的话,你在网上打好了。

我从没有去过光明农场,我只是路过那里,搭别人的车去看别人。早晨,我在一棵榕树底下等那辆要搭的车,我分不清楚那些长须是根还是叶子。我等了很久,我的周围全是老榕树,我突然意识到我已经不在新泽西了。

车开得飞快,我们飞快地路过了光明农场。我跟开车的人完全不熟,我跟她的朋友的朋友熟,于是我们没有话说,她的高跟鞋很有力量地踩住了油门。

我们一起吃了饭,在那个已经不重要了的目的地。她的朋友的朋友坐在我的旁边, 他说:“你已经沦落到了穿什么鞋都能出街的地步了。”这么长的句子:“你已经沦落到了穿什么鞋都能出街的地步了。”

路过光明农场的那一天,我穿了一双拖鞋。

去世界之窗的那一天酷热,可是冰雪世界冰凉,穿滑雪裤的男女老幼,假冰假雪,除了热,什么都假透了。我站在玻璃橱窗外面望着他们,我年轻的时候为什么不是去故宫而是去世界之窗呢,缩小了的世界真的疯狂吗?

我停留在世界之窗,整个下午,我都望着他们在假巴黎铁塔下的假喷水池里泡脚,我想不到只要再隔几年,他们就会去真巴黎铁塔下的真喷水池里泡脚。有钱人的钱,就是这么,突然喷出来了。

入了夜,虫子飞来飞去的露天剧场,一场公主王子爱来爱去打来打去的秀,夜夜爱又夜夜打,皇族衣衫上的金线都脱落了。全世界的秀都是这样。

也有人把我故乡那位公主的故事编成秀。那倒是一个真故事，被杀又被分成三段的公主。他们说奄王嫁她出去的时候就已经抛弃了她，他们说留王娶不娶她都会攻打她父亲的国，那么，不是父亲杀了她，就是丈夫杀了她。

被杀的女人那么多，可是分成三段，该是多么破碎的爱。

去中华民俗村的那一天下大雨，我只好在假的村落中奔跑，十分钟，足够你跑遍整个村。回到大门口，收票员说出去了就不能再进来。有没有人再返回去跑一圈？那么大的雨。

我去东部华侨城的那一天是大年夜。对于深圳来说，我真的是一个很努力的游客。

东部华侨城不是华侨城，福田口岸也不是皇岗口岸，即使福田最早的名字也是皇岗。一定是因为人们常常在皇岗和皇岗之间来回奔跑，一定是因为人们常常想不清楚自己应该坐汽车还是火车，一定是人们把起名字的人骂了一百遍。

大年夜，人们都回家过年，我去了东部华侨城。淘宝上的算命先生说你会很倒霉，你一年比一年倒霉。他们说淘宝真好，还可以办签证，我说还可以算命，他们沉默了一会儿说，签证不过是透露你的护照号码，算命可是要你的生辰八字。我说那我可真是有点蠢了，因为算命先生说的话难听，我还差评了她。

我在小火车前面排着队，把包包里所有的东西倒出来检查，我总觉得我丢了什么。我的后面是康泰旅游的导游，领着一支庞大的队伍，走得飞快，散落的妇女儿童试图插到队伍的前面，他麻利地痛骂了他们。我有点明白香港人为什么喜欢康泰而不是中旅社了。我后来在各种各样的广东旅游团见到康泰导游，他们每一个都很凶。

小火车都是满的,我的对面是一个戴黑帽子的老妇人,如果有人尝试坐在她旁边的座位,她就伸手过去把别人推下火车。五人位的座位,她安坐在正中央。浓妆,毛皮大衣,不知真假的 LV 大包包坐在她的旁边。

坏人老了都会是这样的吗,大年夜的冰天雪地,孤寡一人,裹着黑丝袜的腿,青筋毕露的手背,干瘪却血红的嘴。那样老又凶恶的气味,盖都盖不住。

想到这里的时候我就有一点难过。

对面的老妇人投来最凶恶的一眼,然后她伸手过来,把我推下了小火车。

淘宝的算命先生其实是准的，我刚到香港的运程大概就是这样,一年又一年,直到第五个年头。另一位神婆看到我的生死,她讲星盘上是白又小的房间,你一个人,没有人会去看你。可是死在狭小的精神病医院,好过死在水里。

这一个不知道是第几个年的大年夜，我穿着拖鞋去东部华侨城,被坏老人推下火车以后我去肯德基吃了年夜饭。我其实已经习惯了一个人吃饭,在新港,在香港,也在深圳。

深圳总有许多人,更年轻的人,热热闹闹,聚集在一起。我会听到他们说话,都是没有意思也记不住的话,可是他们真年轻啊。

谁都这样热闹过,没有意思过。谁也都会上了年纪,相聚的人和时光越来越少。谁到最后都是一个人,安乐饭茶或者老无所依。可是我们再老下去,也不会老成坏了的老人。

香港都是一个人,老一些的人,沉默的人。

早晨的茶楼,一大圆桌的人,互不相识,也没有相识的意愿,搭完两个钟头没有声音的台,他们各自站起来,手里攥着现金,慢慢地往外面走,大概是因为潮湿,他们慢慢地走。

我一个人,倒上半杯香片,我不看别人,也没有别人看我。他们都是香港人,寒冷冬天里上身羽绒服下身运动短裤的香港人。

车仔面

居住在香港十一年以后,第一次吃到了车仔面。说起来也挺神奇的,要不是去买一盒比萨,我可能吃不到那碗车仔面。接下来的几年,几十年,我应该都吃不到车仔面。但是我去买比萨了,每个星期天都要去买的比萨，西贡的一间比萨店，搭半个钟头的巴士过去,再搭半个钟头的巴士回来。

十六寸,玛格丽特或者四种起司,纽约式,十五分钟。

这个等待披萨的十五分钟，我走去另一条街的炸鱼薯条店买炸薯条,或者炸洋葱圈;也有炸奥利奥饼干的,没有买过,应该与炸鲜奶很接近,技术上肯定比炸鲜奶容易。

这个等待炸薯条的时间,一般是五分钟,我走去码头,靠住栏杆看一看渔船,水面,不远处的小岛,桥咀洲,盐田梓,都是好小说的题目。

空气中都是海的气味,甜的血腥气,也许对于有的人来讲就是海鲜的气味。

取了炸薯条,再走去比萨店,比萨已经等在柜台。

大盒子,双手捧住去搭巴士,希望巴士不太挤,要不就得放在膝盖上,半个钟的煎熬,所以多数就是叫一辆的士。

的士司机看一眼后座,好奇地问:专门来西贡买一盒比萨?

是啊。我答,我钟意。

对啊。的士司机说,钟意就去做,开心就好。

绕过西贡运动场,他指给我看另一个门。这是后门,离前门是不是还挺远?所以刚才我要跟你再三确认,是哪个门?

看了一眼西贡运动场的后门,比萨安坐在身旁,也有一个位置。

有时候就会站在比萨店门口等那十五分钟,哪儿都不去。十五分钟要快起来也是很快的。进出比萨店的多是家庭,父母带着孩子,还有狗。我往往生出错觉,以为自己在真的西贡。

天热起来,在网上找到一间代购公司,只要价钱合适,可以帮你买到全西贡的好吃的,再给你送上门。

可是代购网站上找不到那家比萨店,下了单别家的比萨,确认订单的时候再问他们是不是可以加入我想要的那家,他们讲试过了,那家不愿合作。

那怎么办?我只要那家。

代购网站讲我们的同事直接去店里买,再给你送过去,多加百分之十的服务费。

我说OK。

送递费用一百二十。

我说OK。

一盒比萨送到。盛惠三百六十港元。

很快地在脑子里计算了一遍,比萨二百,服务费二十,送递费一百二十,小费二十。如果自己打车来回,也要一百六,还费时间。叫代购OK,合算,开心。

后来又叫过一次,送到的时候盒底湿透,可能是比萨店的问题,也可能是送递的问题。一次湿漉漉的比萨后,我又被派出来买比萨。

夏天正午大太阳底下的十五分钟,特别漫长。

这个时候就看到,比萨店的旁边,有一间车仔面店。之前走来走去都看不到,突然就看到了,也真是神奇。

入店,靠窗坐下,一张塑料菜牌,可写可擦,重复勾选,真正实现了不浪费纸,环保。

热菜蜜、油面、麻辣、生菜、响铃、豆卜、斋根,不知斋根是什么,点了再说,好像在大阪车站点串串,一件大根,摆到面前才知是萝卜。

店员取走了单,过了一会儿又来问:全是素的?

我说:是啊吃素。

那,我们的汤底也可以做成素的。店员说。

连连点头,不叫人看出来是第一次吃车仔面。从幼面粗面油面伊面上海面公仔面里选出油面来已属不易，再叫我选鱼蛋辣鱼蛋墨鱼丸花枝丸贡丸一定会傻,幸好吃素。

面很快就来了,海大的碗,一勺辣油,一碟响铃,原来是要自己落响铃,一落即熟,周到。考究版的车仔面店。

斋根必定是豆制品,但看那模样,实在也看不出来是哪一种豆制品。一口咬下去,原来是面筋。

想起来住在香港第七年,自以为已经很了解香港的菜,餐单上一款味菜,叫我迷惑半天,上了桌才知是榨菜,顷刻打回原形。

第一口车仔面,惊为天人。上一次我使用“惊为天人”这个词还是用来形容刘宇昆和他的《纸异兽》,小说写得惊人的好,长得又惊人的帅,惊为天人。

我也算是吃过了天南海北的面,丰富的面,但是吃过了这一碗车仔面,才真正感觉到,只有车仔面,才算是真正的香港面。

车仔面为什么要叫作车仔面？大概是早年间推着木头车走街串巷的小摊贩售卖的那种面,那时大家都过得艰难,活得便宜,吃得也便宜。

我的小时候,每一个雨过天晴的下午,巷口也总会出现几辆售卖食物的车子,不卖面,卖小馄饨和童花饼。车仔是岭南的叫法,到了江南,我们往往忽略掉那些车,直接就叫作小馄饨摊头、童花饼摊头。

到了下午，吃点心的辰光，有那么一碗配了紫菜虾皮的小馄饨,或者一块油滋滋新煎出来的萝卜丝馅的童花饼,也就是我的童年的滋味。

后来,来到香港生活,一部《花样年华》看了好多遍,张曼玉放了工拎着保温瓶去买的那一碗云吞面,是不是车仔面?不过多加一种云吞,也就是我们讲的馄饨。我总是分不大清楚云吞与馄饨的区别,要么云吞就是会包出个金鱼尾?必定不是我们那里的馄饨,我们不将馄饨配面,馄饨是馄饨,面是面。

倒是不计较她的花旗袍高跟鞋,放工穿什么,买外卖自然也穿什么,就是个日常生活,好比那双皮拖鞋,看复刻版的时候才依稀猜到,她是去了一趟南洋,只取走一双自己的皮拖鞋?

那时的车仔档是会被人赶的,无牌,且有卫生问题。管理队一出现,档主往往推车疾逃,甚至被迫弃车而走,于是生出了一个词——走鬼。粤语真的好生动。

到了今天,车仔面入得厅堂,有了一个正式的名分。虽然我没有参与过与车仔一同奔跑,但我想的是,那个时代的车仔面,配了猪皮翼尖,沙嗲或者咖喱汁,一定是最饱肚最美味的。

朋友圈

2000年

不喜欢回转寿司，日本厨子在面前，全透明的，好像是做给你看，他们的指甲有多干净，他们的鱼有多新鲜。坐在流水和船的前面，会一直吃下去，一直吃下去，吃很多，最后算账，贵到昏倒。

泡一杯茉莉花茶，放一曲《春江花月夜》，然后闭上眼睛，就回到了中国。

不怕咳嗽，因为院子里有紫苏，煮了吃，就不咳嗽了。

柠檬总是很新鲜，不买就对不起它们的新鲜，可是买太多了，于是泡茶，一杯茶泡一个。

一天只吃一顿，唯一的乐趣就是嗑酱油瓜子。

伊娃不洗米，也不煮米，生米放在锅里炒，炒时加水。

游子天涯在痴茶屋讨论《上海的金枝玉叶》，讨论好了以后大家吃蛋糕，不用给钱也没有人问你是谁，吃了蛋糕，就可以回家了。

小奇会做海南鸡饭,所以只能算是一半的ABC。

后山很大,纯天然,胖人都喜欢爬山,可是怎么爬都不瘦。我的经验,不吃,就瘦了。

没有时间吃饭,也没有时间睡觉,忙来忙去,一点意思都没有。

电视里的那个中国厨子很有名,他的脸总与中国锅摆一起,他经常说的词是:精彩,美丽,好味。

小奇会钓螃蟹,还会挖象拔蚌,可是她不会做菜,蚌啊蟹啊都一锅煮了。

美国人的BBQ十年如一日,从没有新花样。

参加装饰大门比赛,得到了第二名,奖品是一个披萨。如果不投第一名的票就好了,我就会变成第一名。晚上就去那间披萨店吃掉了奖品。窗是透明的,看得见对面的Pasta店,那里的意大利伙计很帅,可是会装傻。

计划去帕拉阿图城的酒吧喝酒,深更半夜走半天,一个酒吧都没有,倒有咖啡馆,里面的人看起来优雅,但是阴郁。大家在一个老书店里翻了翻书,各自回家了。

摘樱桃是专属美国华人的娱乐,一到樱桃熟了的季节,大家都去娱乐。

庆祝北京申奥成功,小奇请吃饭。在帕拉阿图城走了半天,没找到一间中国馆子,于是进了一间泰国馆子。小奇说,泰国离中国也不远,将就吧。

法国菜,就是那种比意大利菜虚荣,却没有意大利菜好吃的东西。

那是加州大街上的一间法国馆子。坐在靠窗的位置，一棵树下，看得见外面的街。初到美国，最喜欢逛这条街，街上的书店，街上的加州旅馆，还有街尽头，那个小小的火车站。

2015年

只需要撑过零点，就可以不用睡了。只需要撑过饭点，就不会再饿了。

是谁说喝了酒好写作的？还炒了个蛋。喝了酒只好去睡觉。

传说中每天早晨六点排队才买得到的饼干，什么滋味值得你站两个小时啊亲爱的。

昨夜梦见我们在海洋公园吃玉米，喝鸡尾酒。

冬至，好多年没有吃到胡葱豆腐了。香港人吃汤圆。

我每次过桥就想跳下去，每次吃火锅就想把手机放进去。我知道你们也是这样的。

面包为什么要有皮。

妙彤，我们去苏州，你想吃什么就买什么。

每次推拿的时候我都会想起来年轻时候在连云港吃过的一道菜。绿色的虫子，用擀面杖压出它们的肉，加蛋，煎成饼，绿色的饼。

旁边坐了一对小富豪，竟然要了四个小菜。女的正要吃面，男的说：慢着，先喝两口清汤。对的，我打了港铁的去深圳吃兰州拉面。

对面坐了一个老奶奶，买了一盒一田的西瓜当下午茶。好幸福的老奶奶，看起来好好吃的西瓜。

起风了。住在这里六年，第一次坐在阳台上写字，我为什么要嘲笑邻居坐在阳台上打边炉呢，这么美好的阳台。

我今天还做了一件以前从来没有做过的事情：坐在阳台上吃瓜子，一直到天黑。

总是听说可是从来没有去过的一千零一夜，终于去了，而且一切都太好吃了。然后就是吃撑了。北京为什么老是让我哭又让我笑呢？

我们一起喝杯好酒，这世界的恶意都灰飞烟灭。

酒多苦涩，闭着眼咽下，要不度不过去又一个长夏。

喝到茅山青峰，还只是小时候见过。有人说，少年的朋友，少年的茶。

二锅头掺雪碧是什么滋味？

饿到只能去睡觉。

云和空着的肚子，昨夜噩梦的余悸，最适宜写作。

以后你老了，我带你来吃粥。

等一张不搭台的台。

在出去吃饭和坐在家里写半年没写的作之间反复挣扎，最后选择了去九龙塘看《饥饿游戏》。

又梦到一群过去的人，他们把我带到一个地方吃面，然后都搭车走了，留下我一个人。

三天没有出门。现在要出去买一堆薯片，而且是烧烤味的，吃掉。反正失恋了，反正不是我一个人失恋了。

一个人喝酒胃会痛，为什么呢？一样的酒。

因为要赶一篇什么稿，吃了一片蛋糕就跟爸妈告别赶回自己家。其实一出门就后悔了。生活当然比写作重要，我永远都搞不清楚这个问题吗？

每次去稻香都得跟他们吵架。

到处都是面包店，香港人的早餐可以是一个包，茶餐也可以是一个包。

只吃茶餐会不会瘦一点？香港人都是瘦的，很少胖子；如果小时候是肥仔，大了就是肥佬。

经过大班的时候总要进去绕一圈，可是我再也找不到美国吃到的大班面包，一次都没有。

每到夜半肚饿的时刻，就会去想：嫁给深夜食堂的老板多好。

2016

有人记得我为她做过的姜葱鸡，真的记了十六年，也会有人记得我为她做的糯米烧卖吧，我想。

需不需要加五元换爆炸糖啊。

我刚回来的时候觉得有两件事情很荒谬，一是酒桌上要站起来敬来敬去,二是他们居然要睡午觉。

只有陪爸爸喝酒才会醉。

有没有人吃油条时喉咙被划破了。

自己买的茄子烧南瓜,含着泪也要把它吃下去。

有一个人太想吃兰州拉面了,就买了一张机票,去兰州了。

一起吃早饭的人都找不到,我可以孤独死了。

想吃妈妈做的糖芋头。

突然想到肉丸子还带汤这一句,笑不出来。女作家好蠢,会去爱男作家。

每次看到别人晒食堂饭,就想去人家单位找他/她。

我只好接受这个现实:别人家的汤喝不完,我们家没有汤。

一开始写作就坐着睡着了，一有去看电视吧别写了的念头马上又精神了,甚至拎了一袋薯片。

聊到那些年,有个同学,一星期就做一次饭,放在冰箱里,吃一个星期。

刚到香港的时候,买了一支雀巢七彩炫棒冰,居然掉色,舌头都七彩了。我就打电话去雀巢公司申诉,留言信箱,等了七年都没等到回应。

我决定要做两件挑战我生理极限的事情——拔火罐和吃周黑鸭鸭脖。

煲汤,终于被香港的湿气打败了,我也要正视一下凉茶店了。古代流放犯人都是放到香港吧?

不止一个人跟我提了，我喝大了的情况下会跟他们说:“要许愿吗? 我是许愿树。”简直是诬陷。

千挑万选了一袋瓜子,不给香港集运,宝贝失效,现在去睡觉。

太痛太苦了出来喝一杯生姜柠檬可乐，就是食物中毒也比花生过敏好过。

被韭菜打败以后出来吃蘑菇。

石榴像牙齿。

一年去一次的荃湾,街上全是卤肉的味道。

还有比配着一块黄油吃下一袋薯片更自暴自弃的吗?

想吃重阳糕,想家。

2017年

我告诉你今天香港有多冷。泡了杯热茶还没喝,就写了这么一行字,茶冷了。

要了粥和油条,搭台的人要了粥和炒面。如果我跟他说我可以拿半份油条换你半份炒面吗,他会不会说我痴线啊?

我真的有一只橘子。

小豆岛爬回来先吃了一碗小米粥配清炒莴苣。“要用心吃啊,”她说,“自己种的菜。”真的好吃到哭。她还炖了汤开始烤肉。

还有一个月要出去见人。现在开始不吃饭还来得及吗？我有个闺蜜为了洗澡能够看到自己的脚尖从昨天晚上开始就不吃饭了。

这些天都没有写字，你不在就没有人会马上表扬我。我在吃橘子的时候会想你。

之前也写过，《酱油拌饭》。一个海归每次都只要一碗白米饭，桌上的酱油滴几滴吃得香甜。旁边的泡面姐妹就说了：酱油拌饭好吃吗？海归说好吃啊。泡面姐妹说：你在国外苦吧？海归说还好吧，只要米饭是热的。

那些说自己怎么都减不了肥的为什么不试试离婚。

看到一个老师说想吃蒜泥白肉，怎么想的嘛，我就只想吃皮蛋姜片。

昨晚喝了两杯中国蓝跟一个加州来的G.O聊人群中的孤单。他说他的孤独是有时候的，我说我的是一直一直一直，说了三遍。

在武汉跟闺蜜吃酸梅汤配巴厘麻小宵夜，太好吃了，嘴都没空了，要不聊聊写作了。

吃了八年香港的饭，自以为对香港挺了解的了，一个什么炒味菜，拿到手，原来是榨菜。打出原形。

我妈说买了绿豆糕等我回家吃，我说放冰箱吧别坏了。我妈说放冰箱跟放外面一样的，里面外面一样冷。

看我妈给我做绿豆糕，觉得自己是全世界最幸福的女儿。

2018年

幸福就是每天早上都能吃到热豆浆和私人定制版（也就是走肉松)的粢饭吧。

三年半前出了复出之作《请把我留在这时光里》,去了后来再没有去过的北京。卡生的吾十小院,一棵树下,吃了两颗很甜很甜的荔枝。走的时候拍了一张卡生靠在门边,那些日子,想起来也很甜啊。

回到家乡的标配,义隆素菜馆的素面一碗。

没有雪里蕻,只好做油焖笋了,妈妈抱歉地说。绿的不是葱是菠菜,又补了一句。我这个什么都不会的女儿啊,只好埋头使劲地吃起来。

刚才我妈跟我讲,你不要写了,又没有人看。外面那些四五十岁的老太婆都是一桌一桌地吃饭啊笑啊跳啊。气得我吃了一整碗我妈做的笃烂面。

一个人吃串串也好开心啊。

拔萝卜,等雪来。

妈妈的菜:香菇脆鳝。

2019年

我投了我自己一票,《大围有个火锅店》,《散文》2018年第5

期。巧吧,《大围有个火锅店》的女主角们今天去油麻地吃海底捞,果然可以要一只陪吃熊。

和好朋友吃饭,她说吃好点,咱们这种今天躺下去明天不知道起不起得来的。我说明天要是起来了怎么办,钱吃光了……

好朋友就是那个愿意陪你吃一碗阳春面的人。

下厂并发症是焦虑到吃了一斤芥末花生,现在味觉失调中。

中国到底哪里的早饭最好吃?家里的泡饭。

有个菜叫吉祥如意。

火锅,面。

一位自带饼干来机场配热朱古力的少女。

回到娘家啦。再来一碗大馄饨,青菜夏菜冬笋香菇香干馅。妈妈种的青菜做了咸泡饭。

妈妈一早蒸好烧卖,路上吃。

从此只爱Snapple,第一次,第一口的滋味。非常念旧,非常恋旧。

放工回到家十分钟做好晚饭,快手。

自从晒了娃晒了老公,晒了自己做的饭自己缝的衣……点赞明显少了。以后要多晒近期文学活动、文学作品,继续保持神秘。大家对女作家的期待还停留在不结婚不生孩子烟酒不离手,要不写不出伟大作品。

今天情人节,现实一点,下班路上买两棵生菜回去做饭。

刘太马来西亚带回的手信,太好吃了。感恩,感动。

一回家就吃到的红枣百合汤,好吃到全部吃光的芦蒿炒豆干,爸爸妈妈每天的早饭金桂花酒酿圆子。

老大终于有空带我吃顿饭,一边盯手机一边说了一句:你是不是营养不良啊?

到箱根去。好好吃的天妇罗。窗外好大雨。“如果和心爱的人一起来多好啊!”这一句不是我说的,是我刚才听到的。

日本的姑娘下了班一起喝一杯也很幸福啊。日本老师的语言挺有意思的啊。今天一位老师问我喝不喝酒,我说不喝。她说写东西累了喝一点很好的。我说我喝了酒会睡觉。她说不要睡错怀抱。我晕。

所有好吃的。我会一直记得的。

其实吃大阪串串一点也不开心啊,非常非常想念我妈做的素鸡。一出门就想回家。

视察了一下好友种的香菜,我果然是来住的。

幸福就是一早被叫起来喝银耳汤吧。

日本对素食者很不友好啊,哪儿哪儿都是肉肉肉。所以一回港马上就来大自然报到了。

妈妈菜园子收获的冰菜,比什么都好看。

终于感冒了,那就,想吃冰激凌就吃冰激凌吧。

妈妈菜园子收获的芹菜、生菜、蓬蒿,虽然我吃不到,还是满怀欣喜,可是父母不得不去养老院生活,永远都是一件想起来就心痛的事情啊。

昨晚开冰箱发现一个蛋糕。去问正赶功课的老大，他说明天母亲节，可是一早得去长洲表演，就先买了个蛋糕……蛋糕好甜。

妈妈还是赶回青果巷看了一下，外婆家现在是这样了……虾饼呢米饭饼呢大小麻糕呢？我想过叫她不要去看的，肯定不是我们想要的样子了。

如果连吃饭的欲望都没有了，代餐粉太恐怖了，也不知道你们是怎么吃一年的。

家庭成员都琴棋书画诗酒花的，只有我洗碗洗衣服。那谁说的，精神追求是建立在吃饱了饭的基础之上的，好吧，我做晚饭去了。

来深圳喝一碗粥。

后天要在火车上坐八个小时，不知道公仔碗面带三个够不够。试了下味，还是带一斤洽洽瓜子吧。

上次来绍兴还是二三十年前，和爸爸妈妈一起，去了三味书屋、咸亨酒家，坐了好久的乌篷船，还有霉干菜和黄酒。想起来多美好。其实很愧疚，没有带父母去更多的地方，没有给家人更多时间，也没有办法去补回。只愿珍惜当下，多多陪伴家人，一起吃饭，就是幸福。

有时候怀念起故乡的食物，也不过是在怀念故乡的少年时代吧。

终于等到工程师从力学的角度描述兰州拉面，这个人是真的为了吃兰州拉面去兰州的。

妈妈煮了冻茄子柄水给我止咳,因为看到我在朋友圈讲咳嗽;又看到我写了白芹,就做了水芹。白芹冬天才有,现在最好吃的只有水芹。妈妈的爱。

写过的妈妈做的菜,今天又吃到了。

跟编辑讨论新散文书封面。我说得画上食物。她说对,有鸡有鱼。我说多画菜少画肉。她说得有汤。我说汤可以有……估计美编现在在画了。

放工路上,我可想好了,今天绝对绝对不洗碗。

这几个女人在星巴克点咖啡马天尼。

人分为两种:会做饭的和不会做饭的。

杂志落厂,编辑终于吃得下饭了。

做书的过程中,真正感受到真的是一群人在共同努力。做编辑的人生,也是重新开始的人生啊。 做了这本书,我想着把所有删掉的书商们都加回来……曾经狠狠抱怨过一个书商不做我的书还用反问句问我:“你自己想想你还有没有市场?”他到底还请我喝了一杯橙汁。

十分钟做好女儿的晚饭。我不要她学会做饭,要不将来跟我一样,天天做饭、洗碗,洗碗、做饭。

披萨店还在,离开 Palo Alto 十五年了。

幸福就是和好友一起包饺子吧。

幸福就是和好友一起喝一杯吧。

幸福就是和胖友一起吃冰激凌。

《写作、文学编辑都是我真正想做的事》？真正想做的事应该是该睡觉时睡觉该吃饭时吃饭。

梦里烧开了一锅水，放入小半包面。醒了。怎么回去继续煮呢？水要被烧干了。

中秋。爸妈的早饭是糖芋头和美心月饼，我也好想吃啊。

堵在北角四十分钟了，一动不动。我想好了，要是一个小时以后还堵着，我就坐在巴士上开始吃常州大麻糕。少女时代的好友从常州背来香港的大麻糕，好想现在吃。

老大出去吃饭，带了外卖给我。我说太多了只要一个炒饭就好。

“应该有个菜的。”老大说，“一个饭，一个菜。”

确实吃不了啊，但是为什么心里美滋滋的。

回家，妈妈做的糖芋头和炸春卷在等我。

妈妈牌百合汤。

浇了一下菜地，腰都快折了。但是自己种的蓬蒿好好吃啊。

还没离开机场就开始想爸妈，想妈妈做的菜。

回趟家看看父母，怕父母又为我忙碌故意不告诉他们车次。一进门看到父亲一直坐在沙发上等我，母亲早早蒸好了烧卖，又马上去下了一碗馄饨。

早饭是煎馄饨。还有塞得满满的非要我带回港的一袋，妈妈做的菜。

还在机场就开始想念妈妈做的菜。常州好冷啊，妈妈还去养老院的菜地挖了红萝卜。

返港发现家门口的饭馆关了好几间。还好屋子生活的甜品还在。

张爱玲说过吗？不吃早饭就会遇见渣男。今天我又没吃早饭。

工程师出差买了个蛋糕，一路手捧着从新加坡到香港，说是给女儿的。女儿的妈站在旁边情不自禁地露出了不满的微笑。

一到家就喝到好邻居炖的银耳汤，超感动的。

刚才看到有人用知乎问煮面先放料还是先放面，就点进去了，搜了一下自己。

12 月 12 日买了一张去澳门的车票。还能找到十年前跟父母一起吃过的餐馆，不过已经关了。

娘家才会有的夜点心。妈妈做的糍团，核桃芝麻馅。四美宝塔菜还是小时候的味道。

吃了常州人的团子咸泡饭早饭，带着一箱一袋妈妈做的菜等飞机。

到了香港，蒸一碗妈妈做的八宝甜饭。

2020 年

来深圳海底捞，新年快乐。

一块常州大麻糕的幸福。

中午跟儿子抱怨了一句，公司的麻婆豆腐竟然放肉末。晚上回家就见到了一个素版麻婆豆腐。

今天的四季豆没有放蒜,好好吃。放了蘑菇。哪来的蘑菇?买的啊。有碎蘑菇卖?我切的啦。哦。从来没有切过蘑菇的妈默默地吃起来。

今天儿子用黄瓜炒蛋被我批评了,他还问我为什么。外婆说不要责怪好孩子,为了蒸出好看的蛋,他还打电话给外婆了。

星期天监督孩子做饭是正经事。

女儿说你朋友圈的人为什么不点赞我画的画,倒去点赞哥哥做的饭。我说我朋友圈不缺会写作的会画画的,就缺会做饭的。她说那你朋友圈缺工程师吗。

放工路上打电话给儿子,叫他别做我的饭了,牙痛。回家一看,每个菜都想吃……就这样忍着牙痛吃了三碗饭。

我说我不想吃饭,心跳不好,牙不好。儿子就端给我一个——烤蘑菇。

儿子说他不喜欢做饭,我说我也不喜欢,可是为了家人得做啊,你看我都付出了这么多年了……他现在去做饭了。女儿讲我用童工。我说我又不给他钱,不算用童工。

好友晒了娃的奖学金,我晒娃做的饭。家长的开心是一样的。老大满十四岁那一天,我在香港书展外面撞见他正发吉野家传单,问他打个暑假工为什么选吉野家,他说吉野家包饭。

饭里为什么有玉米?而且是手劈的鲜玉米粒,厨房溅得到处都是。正要骂哥哥,妹妹讲学校饭不好吃,有时菜里有玉米,就拿玉米粒配餐饭。

牙医递给我一面镜子,说,看,门牙补得不错吧?我说多谢医生。他又说,只是你以后都不能啃苹果了。

一直疑心老大有了女朋友不告诉我。今天回家发现他还有空剥毛豆子炒藕,冬阴汤也研究出来了。我这心也放下了。

妈妈报了菜名,孩子用感觉做出来的菜:洋葱炒蛋。

KFC 终于出了植物肉汉堡,按照我女儿的说法,若要做成肉的味道还不如不做。不吃肉不就是讨厌肉的味道嘛。我只是希望大家一周吃一次素就好,真的会改变自己和地球。

想起来我家工程师非说隔夜菜是可以吃的。然后留给我吃。

我家哥哥经常给妹妹做微波炉版素千层面。微波前跟微波后差别很大。

我不会为了一部电影绑架谁,就如同我不强迫谁吃素,但我确实会跟买买买皮草还包包包的谁绝交。

惜命的我,外卖都不敢订了,自己做起了饺子。

看了一眼《香蜜沉沉烬如霜》,周海媚正说到,女人到了这个年纪,容貌,爱情,啥都没了,只能去抓权力。权力好啊。接下来狂笑。吓死人了。我只想补充一句,到了这个年纪,身材也没了,但有牙就好,还能吃。

我一吃素的,什么指望都没有。

我儿子在他外婆网络指导下做苋菜,除了把蒜头“拍一下”执行成了“切一下”,其他步骤 OK,完成度很高。

工程师每到饭点就走去海边做诗。做诗的人从来不做饭。

终于完成了一个五千字的大散文,全家的早饭都没做,现在赶紧去做。

跟儿子说我要减肥你随便做点简单的给我吧。他就炒了一碗蛋炒饭给我。我看着他。他说快吃吧锅里还有。

我总是说出新书要开香槟的,可是从来没开过。刚才喝了一口酒酿,当是今天的庆祝吧。

工程师看了夕阳回来的路上买了瓶酒送给我,问他为什么,他说瓶后面有一首诗。

女儿和好朋友一起做蛋糕,好美好。她说她只有一个好朋友。我说我像你这么大的时候别说好朋友,连朋友都没有。

今天的中午饭是我家老大给我买的。他说他查看了超市所有即食面的配料,只有胡椒妈咪面是我可以吃的。

今天开发了新技能,用门牙吃饭。

今天带饭,儿子炒的豆角,超好吃的。

好佩服自己,又会写小说又会小炒香干。

刚才喝了一种非常奇异的酒。从清醒到大醉只要三秒,从醉再到醒六十秒。

洗完碗,跟女儿说,你爸把我当洗碗机用!她说不只洗碗机。

刚在朋友圈看到有人说“少年饮热酒,中年喝晚茶”,还蛮打动我的。快赶上我的那句“你被什么打动,什么就是你的命”了。

画饼干。

第一次做雪菜冬笋,很激动。

刚才跟女儿说,要多吃黑芝麻汤圆,头发才会变黑。她说那天生红头发的,也变黑?想起来我也说过我天天写字,她就说,你已经写了那么多的字怎么还有字写?

这几天挺气,又是代孕的新闻,又是老公跑了不送保姆跑了会死,都什么人啊。我家的碗都是我一个个手洗的,我可是女作家的手啊。

2021年

每年生日,妈妈都会做如意菜。小时候问过父母,为什么给我起名字“洁茹”?就是吉祥如意的意思啊。我父母说,希望女儿好好地生活,吉祥如意。

发现自己真的是一个很坚持的人。买错个披萨我能跑两趟西贡,来回四小时。

在厨房洗碗,请工程师把餐桌上的碗碟都拿过来。他客气地说:“不用了,我不用这个桌子。”就,就,去看电视了。也是这个人,半夜把我摇醒,说:“外面下雨了,要不要收衣服?”

“她用一只手挡住命运的袭击,另一只手匆匆在纸上记下自己的东西。”——《伍尔夫:女性需要的两种自由》。一只手挡不住啊,我两只手都用来洗碗了。

发现一种超好喝的啤酒叫蓝妹。喝着喝着被问:你才打了针,能喝酒？顿时胳膊痛起来……

《过把瘾》同期我还看了个《来来往往》，就记得许晴姐是只吃沙拉的嘛，濮存昕跟吃了几顿，实在不行了，偷偷跑去小饭馆吃炒菜米饭。笑得不行啊当年，一场输在吃的婚外情。

《爱死机》第二季，太治愈我了。情绪上跟我比较接近的是《沙漠里的雪》。另外我也想关心一下那罐草莓，只吃了一颗，后来吃完了吗？

星期天来西贡买一盒披萨是正经事。